T/S

藤田貴大

筑摩書房

T
/
S

カバー・表紙・本文イラスト　カシワイ
装丁　名久井直子

1

そこはいつだって、空間だった。おもえば、空間にしかぼくはいなかった。なので、ぼくはなるべくそとへ出ることなく、いつも空間にいた。空間のなかでしか、ぼくはひとを見つめることができない。なにかを聞くこともできない。空間からそとへ放りだされてしまったら、目はなくなってしまうし、耳も塞がってしまう。ほとんど透明な状態で町を歩くときの気分は最悪で、町では透明なぼくは、もしかしたらだれともすれ違っていないのかもしれない。透明なぼくをひとびとは通りすぎていっているだけなのかもしれない。目も耳もないぼくは、なにも見ていないし、聞いていない。だから町では、なんのやりとりもない。ひとからなにかされることもないし、することもない。つまり、町ではぼくは生きていない。しかし、空間のなかではぼくはぼくのことを認識できた。ぼく自身に触れることができたし、だれかに触れることもできた。空間のなかでは、つねになにかを見ていたし、聞いていた。そう、生きているとおもえる場所は、やはり空間。空間のなかでだけだった。

空間にはかならず時間が存在するけれど、時間というのはひとつではなかった。じつはふたつある。ほんとうの時間とほんとうではない時間。ほんとうの時間のなかには、もうひとつ時間をつくることができる。ほんとうではない時間。しかもそのふたつの時間は、並行している。ほんとうの時間は、ほんとうではない時間を、ほんとうではないと気がついていても、見て見ぬふりをすることも、見てたのしむこともできる。つまりほんとうの時間は、ほんとうではない時間を、ほんとうの時間のなかでつくったつもりでいるから、ほんとうの時間は、ほんとうではない時間にたいして、そういう態度をとることができるのだった。だけれど、ほんとうではない時間も、ほんとうの時間のなかでつくられたつもりでいるから、ほんとうの時間にそうおもわれていようがかまわない様子だったし、むしろあたかもほんとうの時間があるからそれに支えられて存在しているような表情さえすることもあった。しかしぼくはそれを踏まえたうえで、おもうのだった。ほんとうの時間のなかで生きるということは、どういうことだろう。ほんとうの時間のなかでは、じつはだれも生きていなくて、ほんとうの時間のなかにつくられた、ほんとうではない時間のなかに、ひとは生きているのではないか。生きるしかないのではないか。つまりほんとうの時間に監視されながら、しかしそれにおびえることもなく、もしくはそのことを知ることもなく、ほんとうではない時間のなかで安心しながら、無自覚に過ごしているのではないか。おおくのひとはこのことに気がついていないのかもしれないから、ひととしてしまうのは、すこし大袈裟《おおげさ》なのかもしれない。すくなくとも、ぼくはそうだった。ぼくらはそうだった。ほんとうの時間のなかでは生きているとおもったことがなくて、ほんとうではない時間のなかで生きていたし、生きているという実感はいつも、ほんとうではない時間のなかでしか生まれなかった。生きているとおもえる場所は、やはり空間で、そのなかで、ほんとうではない時間を、ぼくは、ぼくらは生きている。

時間はふたつあって、しかも並行していたとしても、しかし空間というのはたったひとつしかない。そこになにかを置いたり、建てたり、飾ったりしても、それは空間をどうしたいかということに過ぎなくて、空間はやはりたったひとつの空間でしかない。たとえば空間のなかにもうひとつの空間をつくろうと試みたとしても、それは空間がふたつに増えたことにはならない。つくられたもののなかにはやはり空間が広がっていて、そこもやはりたったひとつの空間でしかない。そう、たったひとつの空間でしかない。ぼくがいたのは、ぼくらがいたのは、いつだってたったひとつの空間だった。空間にしか、ぼくは、ぼくらはいなかった。

空間には天井があり、壁があった。ほとんどの場合、窓はなかった。空間の外側から窓を通して射しこむようなひかりを遮断しなくては、そこにはあかりが灯らないからだ。つまり、あかりを灯さないかぎり、そこは暗闇だし、あかりがあかりであるためにも、そこは暗闇であるべきだった。暗闇のなかにしか、あかりは生まれないのだった。あかりを生むためにも、空間は暗闇でなくてはいけない。そして生まれたあかりは、やがてひとの目に届いて、ひとはそこで初めて、なにかカタチを捉えるのだった。カタチを捉えるためにはあかりが必要だった。あかりがつくる影がなくては、カタチの輪郭をひとの目は捉えることができない。それはかならず、暗闇のなかでだった。眩《まぶ》しすぎるひかりのなかではありえなかった。ひかりはひかりだけだったならカタチの輪郭を消し去ってしまう。なので、空間にはほとんどの場合、窓はない。

そこはいつだかの部屋だった。部屋という、空間だった。窓はなく、湿度のおおい部屋。ひかりが射しこんでくることはないし、あれは真夜中だった。聞こえているのは、ささやかな寝息。壁のほうを向いているそれが発しているその音は、夜と湿度に溶けこんで漂っていた。朝がやってくるのがずっと遠くに感じていた。ぼくはあの夜も眠れずにいて、ぼくに背を向けて眠っているそれを、ぼくは見つめている。

「ぼくから言えることといえば、空間という言葉しかないのだとおもう」

返事はもちろんない。もうずっとまえから、それは眠りつづけているのだから。

「ぼくらはいつしか、このひとつの空間に、それぞれの空間をつくって」

「それぞれの空間のなかで、それぞれ生きることを選んだわけだけれど」

「もういちど、混ざりあってひとつの空間に戻ることはあるのだろうか」

いつからだっただろう。それは、もうずっと眠っている。なにかを食べることもなく、もちろん話すこともなく、しかしそうしていることがまるで平気な様子で、ずっと眠っている。眠りつづけている。生きているのはたしかで、ささやかな寝息。それだけはずっと聞こえつづけている。どうしてこうなったのか、ぼくにはわからない。もう何年も、こうして眠りつづけているそれと、つまりぼくはそのあいだ、そのぶんだけ、話すことができていない。なんでなんだろう、わから

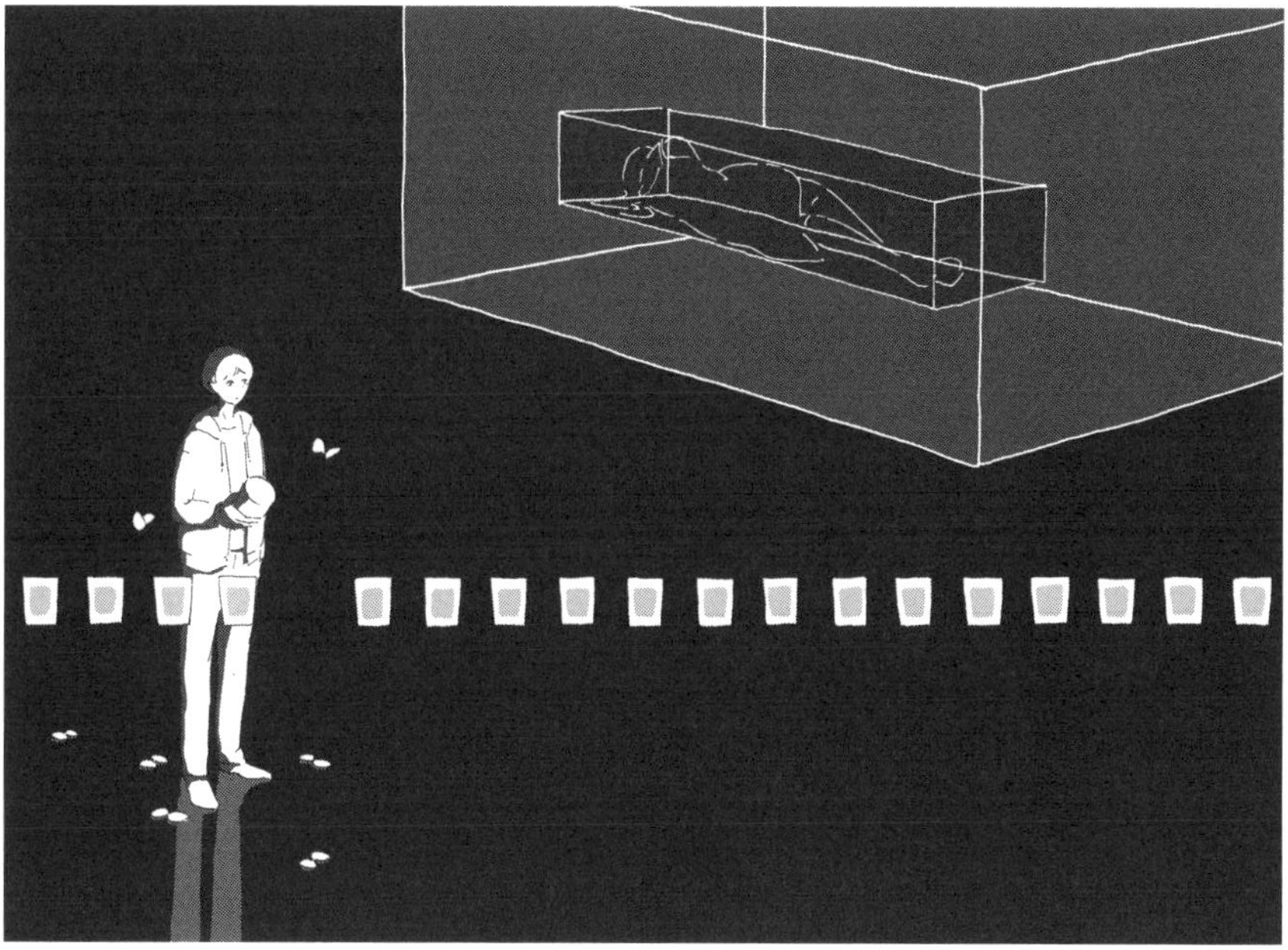

ない。何度か、だれかにこのことを相談しようとしたこともあったけれど、やっぱりやめたのは、これはどうやらぼくらふたりの問題であって、それに尽きるのではないか、にいたったから、だったのだけれど。ぼくらふたりの問題。それ自体がなんだったのかということも、あんまり憶えていない。でも、眠りつづけているそれと、彼女と、さいごに話したこととは、こういうかんじだったとおもう。あれも真夜中だった。いつだって、なにかが起こるのは真夜中だった。


「つまり、なんていうか、わたしはあなたの、そういうところがもう無理なの」

「えーっと、それはなんでだろう」

「だって、わたしだって、仕事はしているのに、なんで、わたしばかりが」

「うん、そうおもってしまうんだね」

「や、だからそういうところだよ、なんにもしないじゃない、あなたは」

「いやでも、これでもしているつもりだよ」

「え、なにを。なにをしているというの」

「え、していないのかな、これって」

「していないよ、なんにもしていないよ」

「そうか、していないのか」

「あなたは、なぜだか、じぶんがしていること、それがいちばん。いちばんだとおもっているんだよ」

「うーん、うん」

「あなたがいちばん大切な、その「作品」ってものを、あなたはつくっていればいいじゃない」

「うん、そうしていきたいよ」

「でも、それをしつづけて、なにもかもしない、あなたとはもう無理だわ」

「ああ、そうなるんだね。わかったよ、じゃあ」

「わかったって、なにがわかったの、わかったとかなんなの、わかってないわ」

「それがわかった、それがわかったよ」

「出てってもらっていいですか」


寝室へ消えていった彼女は、一直線に寝床へ。壁のほうを向いて、横になってしまった。そう、だからあれ以来、あの真夜中からずっと、彼女はその体勢のまま、生きているけれど起きあがらない。もう何年も、彼女はそのままだ。ささやかな寝息。寝息はするのだった。しかし、起きあがらない。ぼくが、いったいなにをしたというのだろう。ここは、部屋という、空間。窓はなく、湿度のおおい部屋。ひかりが射しこんでくることはない。ささやかな寝息。もう、何年もこの寝息しか聞かない。声は、聞こえない。けれども、生きている。死んでいるように、生きている。これはどうやらぼくらふたりの問題。それに尽きる。それ自体がなんだったのか。あんまり憶えていない。壁のほうを向いているそれが発しているその音は、夜と湿度に溶けこんで。漂っていたのは、彼女から発される時間の揺らめき。ほんとうの時間のなかで生きるということとは、どういうことだろう。ほんとうの時間のなかでは、じつはだれも生きていなくて、ほんとうの時間のなかにつくられた、ほんとうではない時間のなかに、ひとは生きているのではないか。生きるしかないのではないか。

朝がやってくるのがずっと遠くに感じていた。ぼくはあの夜も眠れずにいて、ぼくに背を向けて眠っているそれを、ぼくは見つめている。ぼくらは、この部屋でセックスをして、そのあとに夢みたいなことを語りあったこともあった。たくさんのことに、共感しあったり、頷《うなず》いたりしたこともあった。わからないことには、抗《あらが》ってみたりしたこともあった。だけれど、すべてをすりあわせることができると、諦《あきら》めたことがなかったし、やがてかならずどこかに着地するのだと、語らうことをやめなかった。ほんとうの時間のなかに、ほんとうではない時間をふたりでつくりあげて、そのなかで言葉を交わしつづけた。しかし、言葉というものは重ねるほどに希薄になっていく。薄く、薄くなっていった果てに、彼女は起きあがらなくなってしまった。おなじ体勢のまま、もう何年も眠りつづけている。ささやかな寝息は、彼女の時間の揺らめき。彼女の時間のことを、ぼくは知ったつもりでいたけれど、ほんとうはなんにも知らなかったのだった。

「もういちど、混ざりあってひとつの空間に戻ることはあるのだろうか」

そこはいつだかの部屋。あれも真夜中だった。なにを言っても、返事はなかった。そしてそれから、ぼくは荷造りをして、部屋を出ていこうとおもった。しかし、出ていくのではない。もういちど、かならずここに戻ってくる。彼女とのことを諦めたくはなかった。いつか彼女を、彼女の眠りから起こしたいとおもった。ぼくが知ることのできなかった彼女の時間を、再開させたい。再開できたならば、そのときはあのころよりも知ってみたい。そのためにも、出ていかなくてはいけない。ここではない、どこかの空間で、彼女を、彼女の眠りから起こすことができるすべを見つけたい。そとへ放りだされてしまったら、目はなくなってしまうし、耳も塞がってしまう。ほとんど透明な状態で町を歩くときの気分は最悪。だけれど、ここを出なくては、見つからない。あたらしい空間にしか、それはない。それをかならず見つけて、ここに戻ってくる。彼女とぼくは、再会したいのだった。旅をしよう。空間を、そのなかに流れているふたつの時間のうえを。旅をしよう。

あの真夜中。あの部屋で眠りつづける彼女を置いて。ぼくは旅に出た。

＊＊＊＊＊

町では透明なぼくは、もしかしたらだれともすれ違っていないのかもしれない。透明なぼくをひとびとは通りすぎていっているだけなのかもしれない。目も耳もないぼくは、なにも見ていないし、聞いていない。だから町では、なんのやりとりもない。ひとからなにかされることもないし、することもない。つまり、町ではぼくは生きていない。

坂をくだったところにあるコンビニの、蛍光灯の白を背に、縁石に座ってタバコを吸っているあのひとは、そこのアルバイトだということは知っている。彼はこの国のひとではないから、うまく言葉が出てこないのも知っている。彼に、ぼくは見えているだろうか。ぼくは聞こえているだろうか。ぼくは、彼のまえをすり抜けて、コンビニにはいる。

このコンビニのカップラーメンの品ぞろえはなかなかよくて、まえに住んでいた町のアパートの近くにあったコンビニにはなかったのがいくつもあるから、棚のまえでかならず立ちどまってしまう。北海道、横浜、博多、みそ、とんこつ醤油、とんこつ。もちろん、そばやうどんも何種もあって、お湯を切るタイプの容器が四角い、焼きそば。そば。うーん、夜に食べてはいけないのはわかっているけれど、夜という文字がおいしさを演出している。からしのはいったマヨネーズ。いちばんしたの段にはインスタントラーメンが並んでいて、これもまたおそらく品ぞろえがなかなかよい。いちばん端っこには「しじみ」という文字がプリントされているのがあって、その文字を見たときに瞬時におもいだされたことがあった。

「このあさりのやつ、ずっと飲んでいたい」

いつしか彼女はそう言ったのだった。どこだったか、どこにでもあるような中華店で。あさりのはいったラーメンを食べながら、彼女はそう言ったのだった。彼女はその、のどごしに、その、たしかさを、認識していたような安堵が伴った笑顔をぼくに見せた。あれは、いまおもえば、とても尊い時間だったようにおもうよ。「しじみ」という文字を見て、「あさり」をおもいだして、涙が出る。いまだって、真夜中。こんなコンビニにて。彼女とは、いまはもうそんなことだって話すことができないのだ。

＊＊＊＊＊

空間のなかではわたしはわたしのことを認識できた。わたし自身に触れることができたし、だれかに触れることもできた。空間のなかでは、つねになにかを見ていたし、聞いていた。そう、生きているとおもえる場所は、やはり空間。空間のなかでだけだった。

わたしは毎朝、だれよりも早く、ここに足を運ぶ。クリーム色のカーテンは、ひかりをおおく蓄えて、空間全体を、眩しいくらいまんべんなく白濁させているようだった。わたしのつぎにここへやってくるのは、あのこだってことはほとんどきまりごとみたいになっていた。あのことは、みんながやってくるまでの数分間しか話すことができない。だけれど、毎朝のその数分間がわたしはたのしみでしょうがなかった。その数分間でしか話せないこともたくさんあった。だいたいは、漫画のはなしとか、そんなかんじなのだけれど、そんなはなし、みんながやってきちゃうとみんなのまえでは話せない。話したら、ばかにされるにきまっているし、そもそもあのこにしか通じないことだらけだから、その数分間だけ。

もうすこしで、あのこが登校してくる。そう、ここは教室だった。

2

家という空間のなかではついさいきんまで、いびきというものの、どうしようもなさについてかんがえていた。わたしの父親のいびきはほんとうに、この世界のだれよりもひどいくらいにひどかった。ひどいということをひどいとわかるまでには、幾多の葛藤を乗り越えなくてはいけなかった。「どうやら」から「どうして」にいたるまで、だいぶながい時間を費やしたようにおもう。というのは、これは「どうやら」いびきというものなのだ、とわかってからも、しばらくのあいだ、これは「どうやら」いびきなのだけれど、でもこれっていうのは、わたしの家だけじゃなくて、もちろんどの家でも毎晩のように聞こえてくるふつうの音なのだ、とおもいこんでいたのだった。父親ということになっている男性というのはすべて、こういうふうにして毎晩、いびきをかくのだと。なので、父親というひとと家というおなじ空間を共有しながら生活するということは、この毎晩の轟音《ごうおん》を浴びつづけるということで、だからそれは冷蔵庫や換気扇から発せられる持続音とおなじこと。そういう意味ではこれだって生活音に過ぎないのだと。すべての家にて、父親という存在以外の周囲のひとたちは、父親のこの所業をひとしく我慢している。そう、おもいこんでいた。しかしそれは、違っていた。きっかけは、ふたつあった。ひとつめは、偶然見かけたニュース番組のなかで、駅のホームのきめられた位置にうまく停車できなかった電車の、運転手の居眠りと絡めて、いびきというのはじつはおそろしい病気だと語られていたのを見たときのことだった。これはぜんぶわたしの父親のはなしじゃないか、とおもって驚いた。ぜんぶ当てはまる。たしかに突然、ヵッという破裂音とともに、息をしなくなったみたいにして、いびきが数秒間止まるときがある。あれもあれでいびきの特徴というか、これも現象のひとつであって、そういうものなのだよね、とおもいこんでいたわたしって。ふたつめは、となりの家のゆうくんのおうちにお泊まりしに行ったときに気がついたのだった（ここでほとんど決定的に気がついてしまった）。ゆうくんのおうちのお父さんは、いびきをかかないのだった。いままで何度もお泊まりしに行ったことがあるゆうくんのおうちだったけれど、初めてこのとき気がついた。そういえばいつもゆうくんのおうちで過ごす夜は、異様なほどに静かだった。それはわたしの家ではありえない静けさで、しかしこれは異様なことなのだろうか。もしかしたらここではふつうのことなのかもしれない。というよりは、これがこの世界ではふつうのことなのかもしれない。夜というのは、じつのところ静かなものなのかもしれない。ということは、わたしの家の、つまりはあのいびきが、異様なのだ。「どうして」わたしの家では毎晩、いびきが鳴りひびいているのだろう。やっぱりわたしの家のことをふつうのことだとおもいこんで過ごしていこうとする日々には、限界はあったのだ。うすうす感じていた。わたしのなかのどこかで違和感を抱いていたことというのは、やっぱりまぎれもなく違和感なのだ。それは感情という曖昧なかたちでいつか明るみに出て、そもそも感情というものはあまりにも脆《もろ》いものなので、案の定、やがて見えてくる事実という壁に直面し、ぶつかり、砕け散って、のこるのは虚無感だけなのだ。いままでだって、このことにかぎらず、こんなことたくさんあったはずだ。なのに、「どうして」。「どうして」か、とてもくやしい。「どうして」わたしはあの音のこと、とてもおおきな音だよなあと気がついていたのに、気がついていないかのようにじぶんをごまかしていたのだろう。そして、「どうして」わたしはここまでずっと黙って、あの音が鳴りひびく環境のなかであたりまえのように眠っていたのだろう。「どうして」眠ることができていたのか、わたしは。というよりもなによりも、「どうして」わたしはいびきのひどい父親のところに生まれてしまったのだろう。だってわたしはいびきのない父親のところに生まれたってよかったはずなのに。

「どうやら」から「どうして」にいたるまでのなにか道筋めいたものを（しかも、だいぶながい時間を費やした）、わたしは父親のいびきを通して知ったのだった（わたしはある程度のことはだれとも話さずに、じぶんのなかに留めておくことができるタイプだとおもっていたのだけれど）。

「このことをわたし、彼に伝えようかどうか悩んでいるの」

「え、伝えるってなに。まさか、おじさんに？」

「そうなの。あなたのいびきは、この世界のだれよりもひどいくらいにひどい、って」

「ちょっと待って。それってだいじょうぶ？」

「だいじょうぶではないよ、とっくに」

「や、そのだいじょうぶじゃなくて」

「え」

「さやかちゃんがだいじょうぶかどうかじゃなくて」

「うん」

「おじさん、だいじょうぶ？　そんなこと言われて」

「そんな、彼のことを気にしている場合じゃ、もうないの」

「そんなふうに言われたら、きっと泣いちゃうよ、おじさん」

「泣くなら、泣けばいいとおもうわ」


ゆうくんは、その名のとおり、ほんとうにやさしい。小学生だとはおもえないくらい、まわりのみんなに気をつかえるし。なにより、よくはなしを聞いてくれる。わたしは、ゆうくんにはなんでも話した。わたしたちが出会ったのは幼稚園のころで、わたしもゆうくんもトマトが嫌いだった。トマトのことで打ち解けて仲よくなったのもあって、先生がお庭にトマトの種を植えるときに、わたしといっしょになって泣いて抵抗してくれた。ゆうくんは三月生まれ。なので、あのころはだれよりも身長が低くて、ほかの男子にばかにされていたりもしたけれど、わたしは剣道とか習っている男子よりもぜんぜんゆうくんが好きだった。それは恋とかではなく、好きだった。はなしを聞いてくれるひとがいるということは、わたしにとって大切なことなのだということも、ゆうくんがいなかったら気がつかなかったかもしれない。ひとになにかを話すこと。そしてそれはだれかが聞いてくれなくちゃ成立しないということ。ゆうくんがわたしのはなしをとにかく聞いてくれたから、気がついた。

「伝えるにせよ、伝えかたはかんがえたほうがいいとおもう」

「どういうこと」

「伝えるタイミングも大切だとおもうし」

「いつがいいの」

「夕飯のまえはやめたほうがいいとおもう」

「なんで」

「だってさやかちゃんのお父さんは、お酒が好きだし」

「好きだけど」

「夕飯のまえに伝えてしまうと、せっかくのお酒が」

「じゃあ夕飯のあと、ヘイジュード聞いてるときに伝えるわ」

「ヘイジュードのときもやめたほうがいいとおもう」

「なんで」

「だってヘイジュードだよ」

「ちなみにわたし、ヘイジュードもやめてほしい」

「両方は無理だよ」

「そもそもいびきって、伝えたらやめれるもんなの？」

「努力次第だとおもう」

「じゃあヘイジュードのあと、寝るまえに伝えるのはどう？」

「あとは伝えかただよね」

わたしとゆうくんはお互いにしかわからない、ひかりの暗号で意思疎通することができる。というのは、ゆうくんのおうちはわたしの家のとなりにあって、しかもゆうくんのお部屋とわたしの部屋はどちらも二階建ての二階で、窓と窓はゆうくんのおうちのお庭をはさんで（そのあいだは、一〇メートルもないくらい）、向かい合わせになっている。夜になると、わたしたちはひかりの暗号で会話する。懐中電灯を点滅させて。

あの夜。わたしはゆうくんに、ひかりの暗号で合図を出してから（「いまから、行ってくるよ」）、父親の寝室へ向かった（「作戦どおり、がんばってね」）。懐中電灯をもとあるところに戻したあとに、右手に握りしめたのは、こないだの月曜日。ゆうくんが日曜日にご家族と行ったマリンパークで、わたしに買ってきてくれた、ちいさなシャチの消しゴム。わたしはマリンパークにも行ったことがない。グリーンランドにも行ったことがない。ノーザンホースパークにも行ったことがない。クラスのみんなが日曜日に家族と行くようなところに、わたしは連れていってもらったことがない。ゆうくんは、そんなわたしのことを知ってくれていた。だから買ってきてくれたのだろう、ちいさなシャチの消しゴム。シャチというのはじつは凶暴で、海のハンターと呼ばれていることも知っているうえで、わたしはシャチが好きだった。そんなわたしに、シャチのフィギュアでも、シャチのぬいぐるみでもなく、シャチの消しゴムを買ってきてくれるのが、ゆうくんだ。わたしの父親はゆうくんほど、わたしのことを知っているのだろうか。すでにいびきをかいて眠っている父親。床と壁が、いびきに合わせて小刻みに揺れている。職業は木材屋らしい。しかしほんとうのところ、なにを売っているのかわからない。父親の口から、なんの仕事をしているのか、聞いたことがない。こんなに近くにいるのに、ほんとうにだれよりもわからない存在。それが、わたしの父親。父親とわたしはふたり暮らし。母は、数年前に出ていった。なぜ、出ていったのか。その理由だってわからない。母が出ていって、父親はそのことをどうおもっているか、聞いたことがないどころか、どうおもっているのか、素振りすら見せないからわからない。わたしは、なんにも知らないし、なんにもわかっていない。知りたいし、わかりたい。でも、そうさせてくれない。父親は、わたしを叱ったことがない。だからぜんぜん、彼がなにをかんがえているのか、なおさらわからない。ヘイジュードのさいごのほう、ララララーラーのところで、複数人がはいってきて合唱みたいになるところが大っ嫌い。しかもその合唱がフェードアウトしていくとかも、すごい嫌い。その様子をウィスキー飲みながら見守っているような表情をする父親とか、もうなんなの。なにをかんがえているの。わたしとふたりで暮らしている意味って、なんなの。家という空間のなかに、わたしとあなたがふたりでいる意味ってなんなの。毎晩の轟音。部屋中に、いや、家中に充満しているいびき。いびきがいびきだってことだって、いびきはふつうのことではないってことだって、わたしは知らなかったんだよ。でも、気がついたんだよ。

「どうして」わたしはいびきのひどい父親のところに?

だってわたしはいびきのない父親のところに生まれたってよかったはずなのに。

わたしは父親の寝室のとびらを開けたところに立っていた。そしてなにかよくわからない、でもたしかにおおきな感情がこみあげてきてふるえていた。父親は、あっちのほうを向いて、横になっていた。全身から鳴っているような、おおきないびき。きたならしい。ゆうくんが、いっしょにかんがえてくれた伝えかた。あなたのいびきは、この世界のだれよりもひどいくらいにひどい、と伝えたいとして、それをどこまでやわらかく伝えるかを、ゆうくんはいっしょにかんがえてくれたのだけれど、そのぜんぶを忘れてしまって。というか、もうそんなことはどうでもよくなっていて。ちいさなシャチの消しゴムを握りしめた右手のこぶしで、壁をおもいっきり殴った。殴ってすぐに、人生で初めての舌打ちもした。そうすると、いびきはすぐに止まった。

「ごめん」

父親は、ちいさくそう言った。それだけを言った。そう言ってほしくなかったと、すぐにおもった。だってわたしは、壁を殴って、しかも舌打ちまでしたのに、「ごめん」だなんて、あんまりじゃないか。「ごめん」は、わたしが言うことなのではないか。だっていびきをかいていたにせよ、父親はじぶんの眠りにしがみついていただけではないか。父親が、なにを売っているひとなのかは知らない。でも、きょうも一日、仕事をしてきて、帰ってきて、ウィスキーを飲んで、ヘイジュードを見守って、そしてじぶんの眠りにしがみついていただけではないか。おおきないびきをかきながら、眠りにたいして懸命に。それを、こんなかたちで中断されて、しかも「ごめん」だなんて。

わたしはわたしの部屋に戻って、その晩、ほんとうに泣いた。布団のなかで、何時間も泣いた。

布団のなかという、空間。空間のなかではわたしはわたしのことを認識できた。わたし自身に触れることができたし、だれかに触れることもできた。空間のなかでは、つねになにかを見ていたし、聞いていた。そう、生きているとおもえる場所は、やはり空間。空間のなかでだけだった。

＊＊＊＊＊

夢のなかで、わたしは母とふたりでいた。あれは、いつのことだったか。母は、いちどだけわたしを連れだして、外出をした。とてもうれしかった。クラスのみんなが日曜日に家族と行くようなところに、わたしは連れていってもらったことがない。けれども、この日は違った。母との、外出。向かったさきは、劇場だった。とてもおおきな劇場。外観もそうだけれど、なかにはいってみると、そのおおきさがさらにわかる。チケットを切ってくれるお姉さんたちをすり抜けると、信じられないくらいきらびやかな世界が目のまえに広がる。巨大な金色の縁に、赤いカーテン。わたしは初めて、そこで演劇というものを観た。演劇というものがどういうものなのか、それまでいっさい、知らなかった。開演のブザーが鳴る。客席のあちこちから聞こえていた声たちが、いっせいに静まる。そう、開演前の静けさは、夜の静けさにとてもよく似ている。夜というのは、じつのところ静かなもの。一千人の観客が舞台を見つめながら、静かになにかを待っている。さっそくとなりで母が、あくびをしているのがわかる。しかしわたしは、舞台から目が離せない。息をするのも忘れるくらい。おおきな音楽とともにカーテンが開いて、開演する。はるか遠くで、あれが役者さんというひとたちなのだろうか。セリフを喋《しゃべ》ったり、歌ったり、踊ったりしている。舞台のうえの世界。この世界のなかに、もうひとつちいさな世界をつくるのだとしたら、ああなるのかもしれない。だれかがあれをつくったのだ。つくりものだってことはわかっているのに、これこそがほんとうの世界のように見えるのは、なぜだろう。では、終演後にわたしが引き戻されるであろう現実は、ほんとうの世界なのだろうか。ほんとうとは、なんのことだろう。

＊＊＊＊＊

父親にあんな態度をとってしまった、翌朝。夜を引きずったまま。だれよりも早く、ここに足を運ぶ。クリーム色のカーテン。ひかりをおおく蓄えて、空間全体を、眩しいくらいまんべんなく白濁させているよう。わたしのつぎにここへやってくるのは、あのこだってことはほとんどきまりごとみたいになっていた。

もうすこしで、あのこが登校してくる。そう、ここは教室。

3

のぶこちゃんとの時間は、毎朝数分間。みんながやってくるまでの数分間しか話すことができない。だけれど、毎朝のその数分間がわたしはたのしみでしょうがなかった。その数分間でしか話せないこともたくさんあった。だいたいは、漫画のはなしとか、そんなかんじなのだけれど、そんなはなし、みんながやってきちゃうとみんなのまえでは話せない。話したら、ばかにされるにきまっているし、そもそものぶこちゃんにしか通じないことだらけだから、その数分間だけ。

もうすこしで、のぶこちゃんが登校してくる。そう、ここは教室。

まだ朝は肌寒くて、鼻の奥がつんとする。窓という窓が換気するためなのかなんなのか、きまってほとんどぜんぶ開いている（だからなのか、いつだってクリーム色のカーテンは外気をおおきく蓄えている）。いくつもの窓の四角い連続。窓というものは、どちら側へ向けられて設置されているものなのか、いつも不思議。どちら側へというのは、教室の内側へなのか、外側へなのか。窓に表と裏があるのか、ないのか。窓はあっち側へ向いていて、こっち側に背を向けているのか、どうなのか。そもそも窓に、そういうのはないのかもしれない。けれども風は気まぐれに、こっちへはいってきたり、あっちへ抜けていったり。ときにはカーテンを、あっちへ持っていって、たなびかせたり、こっちへ勢いよく、はためかせたりする。なので、窓そのものにはこっちとかあっちとかいう意識はないにせよ、風という現象があるかぎり、内側と外側を感じざるをえない。そして同時に風だって窓さえなければ、はいったり抜けたりはしないわけなので、だからやっぱり窓には表と裏があるとおもう。あっち側へ向いていて、こっち側に背を向けているとおもう。こっちを見つめているときはほとんどないとおもう。たまに振り返ったりするかもしれないけれど、基本的にはつねにあっちを眺めているのだとおもう。窓があって、壁があるから、外側と内側は隔てられている。風はさえぎられているし、雨だって降ってこない。つまり、ここには空間がつくられている。教室という、空間がつくられている。教室には、日が昇ってから落ちていくまでのあいだ、どの時間帯でも、これでもかってくらいのひかりがまんべんなくはいってくる。影がなくなってしまうくら眩しいときもある（ひかりはひかりだけだったならカタチの輪郭を消し去ってしまう）。内側にいて、じぶんの席に座っているわたし。まるで窓の縁のそのままのかたち、四角いまま、聞こえてくるようなのは、朝の校舎を取りまく音たち。朝にしか鳴かない鳥たちの声と、竹ぼうきでコンクリートを擦る、一定のリズム。用務員のおじさんが、ときおりだれかに挨拶をしている。なぜかそれを耳で聞いているはずなのに、用務員のおじさんの息のにおいをおもいだしてしまうのはなんでだろう。わたしは彼の、口のなかでコーヒーとタバコの煙が混ざって、唾液と練られたようなにおいが苦手だった。なので彼とすれ違うときは息をしないようにしている。

「おはよう」

のぶこちゃんが登校してきた。わたしたちは、ここから数分間だけ。毎朝、話すのだった。


「おはよう、のぶこちゃん、ジャンプって買った？　どうだった？」

「うん、買ったよ、買ったのはお父さんだけどね。すごいやばいよ」

「え、なにがやばいの、めっちゃ気になるんですけど」

「でしょ、ぜったいさやかちゃん泣くとおもうよ、わたし泣いたもん」

「え、泣くの、それってどういうことなの、だれか死んだ？」

「死ぬかもしれない」

「え、だれが」


のぶこちゃんがランドセルを机に置くという動作もできないくらい、どんどんのぶこちゃんに質問を浴びせていくのがわたしは好きだった。ふつうなら、ちょっと待って。とか言われてしまうのだろうけど、のぶこちゃんはわたしのこういうのにぜんぜん、声のトーンもぜんぜん変えずに淡々と会話しつづけてくれる。わたしとの時間をなによりも優先してくれる。きのうの朝から、もう約二四時間経っているはずなのに、その経過をまったく感じさせない。きのうの朝のつづきを今朝もやっているようなかんじで。ちなみにわたしはジャンプを読んでいない。めくったこともない。毎週水曜日に、のぶこちゃんからジャンプの内容を聞いて、読んだ気になっている（本来、ジャンプは月曜に発売らしいけれど、このあたりは田舎すぎて水曜らしい）。そしてなんでのぶこちゃんは水曜の朝からジャンプのはなしができるかというと、のぶこちゃんのお父さんはトラックの長距離運転手さんで、水曜の早朝にジャンプを買って帰ってくるらしいのだった。だから、のぶこちゃんはそれを早起きして待ちかまえて、登校するまでの時間にジャンプを熟読してきてくれる。


「だれが死ぬかもしれないとかは、ごめん、言えないよ」

「そうか、言えないか。言えないよね、そりゃあ」

「そうだよ、ただ言えるのは、こんなにもひどいことってほかにあるのかな、ってことかな」

「なんですか、それは。どういうこと」

「こんなにもわたし、毎週待っているわけなんだけど、来週死ぬとかありえるとおもう？」

「ありえるとはおもうよ、だって死ぬとかって、じぶんがどうしたいとかははっきり言って関係ないでしょ」

「や、それはわかってるよ、わかっているけど、でも死なれたら来週ってどんな週になるわけなの」

「そりゃもう、とんでもないよね」

「だって、ここまであんなに人間であることを貫いてきたあいつがさあ」

「もう、いったい、どうなってるのそれ」

「でもさやかちゃんが言うとおりだよ、死ぬとかはわたしたちにはどうしようもできない」

「うん、だよね」
「やっぱり作者って、その世界の神なんだろうね、神には振り回されるよね」
「理不尽だしね、神って」
「しかし尊敬しきっているこの気持ちが、ひたすらに苦しいよ」

朝のひかりのなかで、のぶこちゃんは輝いていた。やっとランドセルをおろす動作も、とてもうつくしかった。視線を落としてから、それを追うようにして顔の角度も斜め下に落ちついていく様子。そして一瞬、ぴたりと固まって動かない。なにかの西洋の彫刻のようだった。神話を語るようにジャンプの内容を（おそらくその内容以上の内容を）、わたしに熱心に伝えてくれる。のぶこちゃんは知っていたのだった、物語というものは物語だけで自立するものではなくて、登場人物ひとりひとりの感情の流れ、その重なりを把握したときに、初めて物語というものは浮かびあがってきて成立することを。のぶこちゃんは知っていたのだった。

「わたし、おもうんだよね」

のぶこちゃんはささやかなため息とともに言った。

「世界を把握できるひとが、世界をつくっていくんだって。そう、おもうんだよね。わたし、漫画家になりたいとか、去年とかすこしおもっていたことあったんだけど、でもやっぱわたしにはできないかも。なぜなら、わたし、世界を把握できないとおもうんだよ。世界を把握できるひとがつくった世界を、眺めたり。歩いたり。そういうことはできるし、好きだけど、でもじぶんはつくる人間ではないのかもしれない。というか、人間はつくれないのかもしれない、世界を。つまり、神なんだよ。つくることができるひと、っていうのは。ただ、神っていうのも完璧《かんぺき》ではないからね。犯罪おかしたりとか、ほんとなるべくしないでほしいわ。神なら」

のぶこちゃんが言っていることとって、だいたいわかっていないのかもしれないけれど、なんとなくわかるような気もする。のぶこちゃんはわたしがおもっている世界よりも、もうすこしおおきな輪郭で、世界を捉えているようだった。それは、とてつもない迫力を静かに感じるような世界だった。さいきんは毎朝、ジャンプのはなしにかぎらず、世界のはなしをしているような気がする。わたしものぶこちゃんも気になっているのだ、世界のこと。世界。世界ってなんだろう。


「でも、のぶこちゃんが描く漫画、読んでみたいな。いつでもいいから」

「そう？　え、はずかしいけど。ありがとう」

「ううん、じゃあちょっとトイレ行ってこようかな」

「うんうん、じゃあねえ」

わたしはわたし自身が、とても卑怯《ひきょう》だとおもうのはこういうところだった。つまり、のぶこちゃんと話しているのをみんなに見られたら、わたしもばかにされることをわたしは知っていた。のぶこちゃんとひととおり喋ったあとに、わたしはかならずトイレに行くふりをする。わたしがトイレに行っているあいだに、ちらほらみんなも登校してくる。教室に戻ったわたしは、のぶこちゃんとはもう話さない。あとは放課後まで、みんなとだけ話す。それだけじゃない。みんながのぶこちゃんの悪口を言っているときに、それに賛同するようなことをわたしは言うのだった。みんなに合わせるようにして。そうすることによって、ばかにされないとでも、わたしはおもっているのだろうか。そうしないといけないムードに、わたしはすぐに身を任せてしまう傾向にある。のぶこちゃんは何日もお風呂にはいっていないようなにおいがした。肩のところには、ふけというのだろうか、おびただしい数の白いものが溜まっていた。

＊＊＊＊＊

「きょうは、マッサージという言葉について、すこし掘り下げてかんがえていこうとおもうの。マッサージというのは、いわゆる、こう、指で、指圧でつかれた身体をもみほぐす、みたいなことなのだとおもうのだけれど、おうちでお父さんお母さんに、肩たたいてとか、肩もんでとか言われたことってない？　あれも、マッサージ。お金を払うと、マッサージをしてくれるお店もあるよね、みんなはまだ行ったことがないかもしれないけれど。ちなみにわたしは、一カ月に一回は行っちゃうかなあ、マッサージ。さいきんのはすごいんだよ、足湯をしてくれたりね。足湯って知ってる？　足だけを温めるんだけど、全身を湯船に沈めるよりも、あれって体力がいるんだって、全身っていうのは。うん、半身浴。半身浴もよいって聞くよね。でも、足湯っていうのは、とてもほどよいリラックス効果を得られるらしいの。みんなが住んでいるこの町も、活火山が近くにあるから、温泉はおおいけど、足湯はないかなあ。いま、流行ってるんだよ、足湯。東京で。うん、雑誌とかでも特集されてたり。雑誌って読む？　まだ読まないかあ。はなしは逸《そ》れましたが。そういういわゆる、マッサージだけが、ほんとうにマッサージなのか。ということを、きょうは話していきたいの。ひとに触る、ということをマッサージ、というわけだよね。ひとに触れる。でも、じっさい触れなくても、マッサージはできるのではないか。むしろ、日ごろからみんな、マッサージをしているのではないか。と、わたしはおもうの。つまり、会話もマッサージかもしれない。いい？　会話もマッサージかもしれない。もっと言うと、アイコンタクト。はい、コンタクトという言葉が出ました。コンタクトをとる、っていうよね。連絡をとる、っていうことも含まれるのかな。そう、手紙を送るとかもそうだよね。コンタクトをとる。これも、わたしはマッサージなのかもしれないと、さいきんはおもうの。つまり、なにが言いたいかというと。マッサージだとおもえば、いろんなことがうまくいくはずなんだよ。マッサージというのは、基本的に気持ちのよいものでしょ。リラックス効果が得られるもの。痛かったり、こわかったりしないものでしょ、マッサージというのは。つまり、マッサージだとおもえば、会話も、アイコンタクトも、ひとに触れるものぜんぶ、マッサージだとおもえば、ひとを気持ちよくするものだと

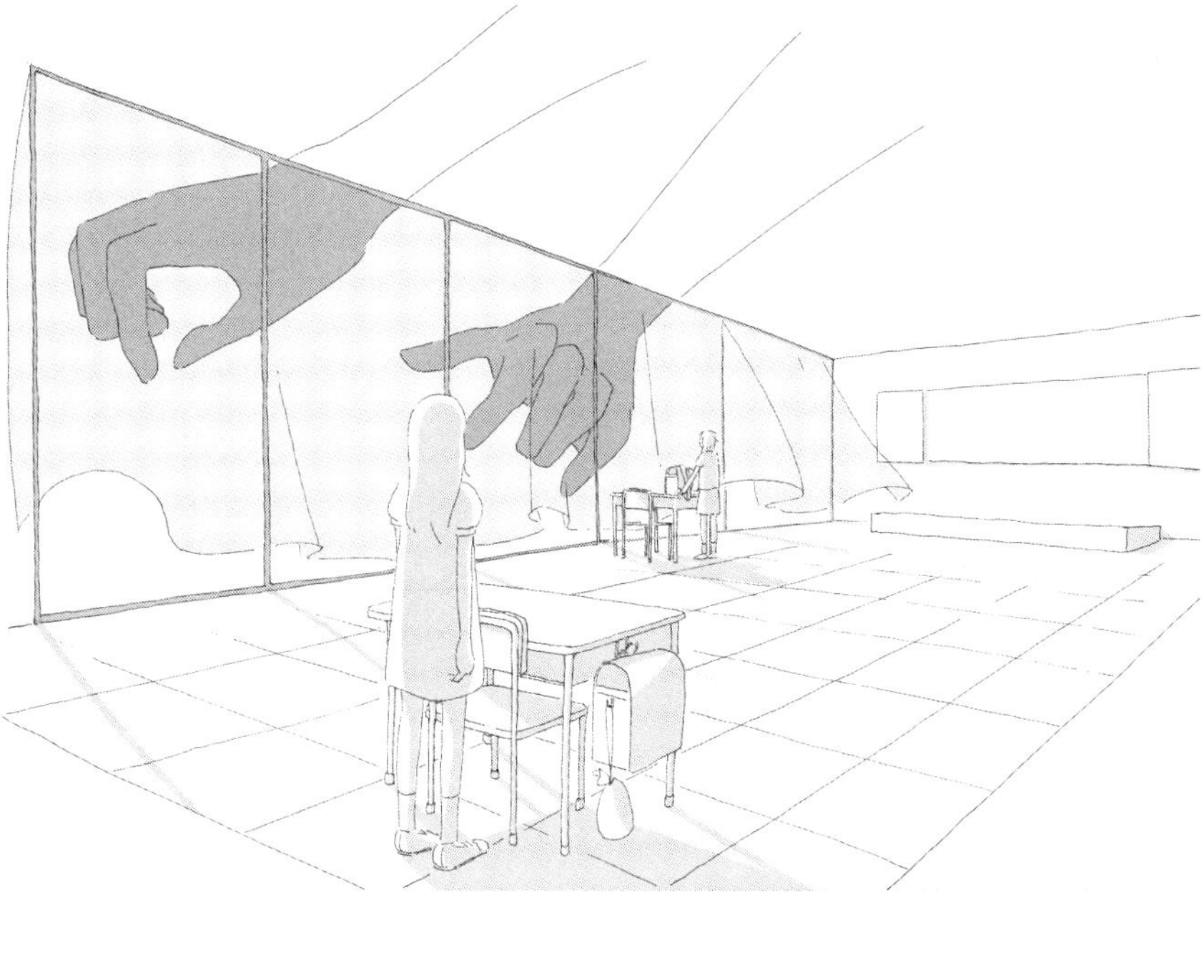

おもえば、わたしはうまくいくとおもうのよね。平和になるとおもうの。だけど、なんかそれがうまくいかないから、歪《ゆが》んだりなんだりするとおもうんだよ。だからきょう、先生はこう言いました。ひとと関わるとき、マッサージという言葉を念頭に置いて。ひとに触れるということは、マッサージをするということとひとしいと、先生はそうおもいます。そうすると、ひとのことをかんがえることができる子になれるんだよ。ちょっとみんなにはまだむつかしいかなあ。でもきっとかならず、みんなならできるよ」

違和感でしかなかった。そもそも、このターバンみたいなおおきめのヘアバンドを巻いたこの担任の先生がわたしは嫌いだった。マッサージというひびきが、とにかくこわくてしょうがなかったのもある。なんでひとに、ああやって触れたり、触れられたりできるのだろう。テレビのなかで何度か見たことがあったけれど、吐き気がするほどだった。おとなになったら、みんなマッサージが好きになるのだろうか。そういうお店にお金を払ってまで行きたくなるのだろうか。ぜんぜん理解ができない。先生が言うように、ひとと関わること、ぜんぶがマッサージだとおもって過ごしていかなくちゃいけないとしたら、ほんとうにたいへんなことで、というか生きていけないかもしれない。昨晩だって、父親にあんな態度をとってしまったわたしが、マッサージだなんて意識できるわけがない。

しかしあの日観た、舞台。母親とふたりで、劇場という場所へ行った日。巨大な金色の縁に、赤いカーテン。わたしは初めて、そこで演劇というものを観た。わたしは、舞台から目が離せなかった。息をするのも忘れるくらいだった。あの舞台に立っていたひとたち（役者さんというひとたちなのだろうか）、あのひとたちの、あの綿密さって、どうつくられて、ああなったのだろうか。あれがマッサージだとはおもわない。やっぱり、おもわない。けれども、なんらかのやりとりがあって、関わりがあって、しかもその関わりは、ふつう以上のなにか、やりとりがあって、ああいうかたちになったに違いないのは、わたしにもわかる。どうしてあれが、ああなったのだろうか。ああなった理由を知りたい。演劇というものを、わたしはこんな、水曜にジャンプが発売されるような町で、どうしたら、知ることができるだろう。

「世界を把握できるひとが、世界をつくっていくんだって。そう、おもうんだよね」

舞台のうえの世界。この世界のなかに、もうひとつちいさな世界をつくるのだとしたら、ああなるのかもしれない。だれかがあれをつくったのだ。つくりものだってことはわかっているのに。あれこそがほんとうの世界のように見えたのは、なぜだろう。引き戻された現実は、ほんとうの世界なのだろうか。ほんとうとは、なんのことだろう。

先生がわたしたちに言ったこと、まったく同意できないにせよ、なんだか引っかかって気持ち悪かった、あの日の放課後。いつもどおり、放課後は訪れたのだけれど（教室はまだひかりを帯びていた）、忘れられないことが起こってしまった放課後だった。教室にはもちろん、のぶこちゃんもゆうくんもいた。

4

あの日のさいごの時間は体育で、しかもプールの授業だった。わたしは五年生になってからは、プールの授業はすべて休むようにしていた。それに理由があるわけではないのだけれど、なんとなく。四年生まではあんなにたのしかったプールの授業が、たのしいとはおもえなくなってしまったのだ。でもこの感覚ってわたしだけではないみたいだった。プールの授業を休んでいるのは、わたしだけじゃない。五年生になってからは、もうだいたい。クラスの女子の半分くらいは、プールの授業を休んでいる。みんなが無邪気に叫びまくっている金切り声が校舎中に鳴りひびいていた。教室まで声たちが届くと、あのクラスはいまプールの授業なのだなとわかるくらいだった。けれどもそれは去年までのはなしで、プールの授業とはつまりこういうふうになり果ててしまったのだ（いまでもたまに鳴りひびくあの声たちはつまり、わたしたちよりも下級生の声たちということになるのが不思議）。けだるそうに休んでいるわたしたちは膝からしたをプールに浸して、プールサイドに並んで座っている。いちおう、水着にはなるのが約束なのだが、おおきめのバスタオルをかぶって。ほんとうに具合の悪いひとは、紫色の唇をかたかたさせている。そのわたしたちのなかに、のぶこちゃんはいない。のぶこちゃんは、プールにて。たくましく泳いでいる、クロールで。たまにバタフライも交えたり、つかれたら平泳ぎに切りかえたりして、とにかく絶えまなく泳ぎつづけている。のぶこちゃんはたとえ風邪をひいていたのだとしても、プールの授業を休まないとおもう。それにしてものぶこちゃんも、胸がだいぶおおきくなった。おそらく低学年のころから替えていない水着に、無理やり身体をいれているかんじで、お腹のあたりが伸びて、透けつつある。休んでいるわたしたちのなかの数人は、がむしゃらに泳ぐのぶこちゃんのそんな水着姿を見て、にやにやと笑っているのだった。ひそひそと。気持ち悪い、とか。顔がやばい、とか。だってプールの授業なんだから、泳ぐことがふつうのはずで、休んでいるわたしたちのほうがほんとうは変なはずなのに、なんで泳いでいるのぶこちゃんがばかにされなくてはいけないのか。気持ち悪いのは、どっちなのだろう。しかしわたしは、なにも言えずにいる。それくらいおもうことはあるのに、なにも。そういうやつらに、なにも。わたしはそんなわたしがほんとうに嫌いだ。いちばん気持ち悪いのは、わたしだ。のぶこちゃんには、聞こえているはずだ。なにを言われているのか。ぜんぶ、聞こえているはずだ。聞こえていないことなんて、ない。わたしのこの態度はとにかく、だれよりも、なによりも最悪だ。のぶこちゃんに、わたしはどう映っているのだろう。わたしの弱さを、のぶこちゃんはどうおもっているのだろう。それでもわたしと、朝の数分間だけ関わってくれるのは、なんでだろう。わたしなんて、このひたひたと濡れたプールサイドの床よりも、気持ち悪い。

のぶこちゃんが泳いでいる姿を見ていると、ざわつくものが強すぎるから。男子たちのほうへ目をやると、彼らはつぎつぎと飛びこみ台から、水面へ身体を打ちつけていた。打ちつけることなく、じょうずに飛びこめているひともいた。けれども、だいたいは打ちつけてしまっているかんじで痛そうだった。その連続をじっと見つめていると、プールの底には真っ白いラインがひかれていることにあらためて気がついた。先生が、ホイッスルを鳴らすとひとりひとり飛びこんでいく。体育の授業は、ふたクラス合同で行うので、あたりまえのことだけれど、いつもよりも男子がおおい気がして、すこし迫力がある。そのなかにゆうくんもいるけれど、ゆうくんはほんとうに線が細い。肌はまんべんなく真っ白で、飛びこむのがよっぽどこわいのだろう。あたまからどうしても飛びこめなくて、足から。鼻をつまんで、目を強めにつむって。せーので、飛びこむというよりは、飛び降りていた。そしてすぐに水面へ（一瞬にして水中で、方向感覚がなくなったのだろう）、プールの底を蹴って飛びあがってきて、ぷはーっと呼吸をするゆうくんを見ていると、ほんとうにゆうくんってゆうくんだなあとおもう。いつまでも変わらずに、ああでいてほしい。ああいてくれたら、ほんとうにうれしい。トマトなんか、ずっと食べれなくていい。身体もそこでストップしてほしい。ほかの男子みたいに、毛が濃くなったりしなくていい。そんなゆうくんを見ていると、なぜだか泣きそうになるのはわたしだけだろうか（いや、わたしだけにきまっているのだけれど）。ホイッスルの音、プールの底。真っ白いライン。水面が揺らめくから、もちろん真っすぐには見えなくて、ラインも水面の揺らめきに合わせて、揺らめいている。それだけを見つめていると、水中で泳いでいるみんなの姿が消えて、一瞬。先生たちの声、プールサイドのひそひそ声。ここは野外プールだから、車が通りすぎたり、鳥たちが鳴く声、そういうあらゆる音たちが消えて、一瞬。耳のなかが真空状態になった感覚に陥って。そうか、プールはプールってだけじゃない。プールという空間だった、ということに気がつくのだった。空間のなかに水が溜まっている。つまり、空間に偶然溜まっている水のなかをみんなは泳いでいるに過ぎなくて、水さえなければただ、水色の空間のなかにみんなはいるに過ぎない。そう、見えてくる。こう、凝視していると。わたしの知っているかぎりでは、わたしが通っている学校のなかに地下空間というものはないので、そういう意味では、地面を掘ってできたのだとおもうこの野外プールは、この学校にとって唯一の地下空間ということになるのかもしれない。ここだけ沈んでいる。沈んでいるここに、水が溜まっている。そして、水たまりのなかを、ゆうくんものぶこちゃんも泳いでいる。その輪郭の縁に、わたしは座っている。音がしない。ただ静かに、その設計を俯瞰している。つまり、ここが劇場なのだとして、こういう演目がいま、上演されているのかもしれない。白線が揺らめくだけの、水色の舞台美術。どうやらここは、地下空間。さまざまな思惑が入り混じってはいるけれど、現実はなんにも変わらない。

＊＊＊＊＊

プールの授業が終わって、あとは帰りのホームルームだけ。着替えて、教室に戻ると（教室はまだひかりを帯びていた）。教室のまえの廊下で、わたしのクラスじゃないひとたちが（なかには上級生たちもいる）、とびらから教室のなかを覗《のぞ》きこむように、ひとだかりをつくっていて。わたしは、それをかきわけるようにして、教室のなかにはいると（教室にはもちろん、のぶこちゃんもゆうくんもいた）。わたしよりもさきに教室に戻ってきていたみんなは、ある一点を見つめていた。窓際のすみっこには、ひとり。女子が。みんなと完全に離れるようにして、立ち尽くしている。近づけない雰囲気で、顔を塞いでいるから、だれなのかすぐにはわからなかった。その女子のとなりには先生がいて、彼女をなぐさめているかんじだったが、小声でなにかを語りかけているようなかんじで、その内容はわたしたちには聞こえない。カーテンは閉まっていて、けれどもその長方形にひかり帯びて、眩しいくらいの真っ白で、まるでスクリーンのような背景で、先生と彼女が影のように見える。ぜんぜん状況を飲みこめずにいたのだけれど、なんとなくなにが起こったのかわかったのは、みんなが見つめているさきに、あらためて目をやると、そこには椅子があったから。教室には、その人数分の椅子がある。黒板へ向かって、その人数分だけ並んでいる。けれども、みんなが見つめていた椅子は一脚だけだった。こころなしかその一脚だけ、ほかの椅子たちに比べて、無造作に配置されているようにも見える。あの椅子は、わたしの椅子じゃない。のぶこちゃんのでもない。ゆうくんのでもない。あの椅子は、彼女のだろう。おそらくいま、窓際で泣いている彼女の椅子なのは、雰囲気としても明らかだった。わたしたちの椅子は、真っすぐまえを向いているように配置されている。けれどもあの一脚だけ、ほかとは異質なかんじで配置されている。すなわち、あの椅子にはついさっきまで彼女が座っていたに違いない。わたしたちはプールへ出かけていたから、みんな椅子を机にしまったり、整頓しているのだけれど、そのあいだ彼女は教室にいたのだとおもう。教頭先生がやってきたのがわかった。廊下のひとだかりを散らすように、各々の教室に戻るように指示している。先生に連れられて、教室を出ていこうとする彼女はまだ顔を塞いでいたけれど、だれなのかわかった。一年生のころから縄跳び大会で一位をとりつづけている、みさきちゃん。鉄棒で、信じられないくらい逆上がりを連続できたりとか、運動神経抜群のみさきちゃんが泣いている。肩で息をするように、声を漏らしながら泣いている。先生と教室を出ていったさきは、保健室だろう。ふたりでゆっくり、よたよたと廊下を歩いていく。そのうしろ姿をみんなが見つめていた。そしてその直後に教室へやってきたのは、となりのクラスの担任の先生。ジャージ姿で、この春、この学校にやってきた若い男性。スポーツ刈り。その先生が、ごめんねーごめんねーとか言いながら、みんなの視線のさきにあった、あの一脚。みさきちゃんの椅子を持って、うしろのとびらから教室を出ていこうとする。すると、教頭先生がもはや教壇に立っていて、じゃあみんな座ってーとか言って、それまでずっとうしろの席、みさきちゃんの椅子を見つめていたわたしたちを黒板のほうへ方向転換させて、座らせようとする。わたしたちは、なんとなくもちろん落ちつかないのだけれど、まだらに、じぶんの席に全員が座って。

「えっと、だいじょうぶなので、あとは先生たちがどうにかするんで」

あたかもさっきまでのことがなかったことのように扱われながら、教頭先生が帰りのホームルームを進めていった。教頭先生はわたしたちを安心させたいのだとおもうし、それはわかるのだけれど、たぶんこれはわたしだけじゃないとおもう。教頭先生によるホームルームの最中、ずっと。もちろん教頭先生の言葉は、わたしたちのなかに一ミリもはいってこなくて、かんがえていたのは、さっき教室のそとへ持っていかれたみさきちゃんの椅子のことだった。わたしたちが座っている椅子と、きょう欠席しているひとの椅子は、この教室のなかにまだあって、たしかに存在している。けれども、みさきちゃんの椅子だけが存在していない。とても不自然なかたちで、いなくなってしまった。そう、いなくなってしまった。それは、みさきちゃんが保健室に連れていかれたことよりも、じつは奇妙なことのようにおもった。みさきちゃんの席だけがぽっかりとなくなってしまった。たとえば、このクラスにもなんらかの理由で学校に来ないひともいる。でもそのひとの椅子は、そのひとがいつかまた学校に来るのをまるで待っているかのように、この教室にまだ存在している。そのひとの椅子さえもまだあるのに、みさきちゃんの椅子はなぜだか持っていかれてしまった。しかし、持っていかれてしまった意味も、わたしたちはなんとなくわかってる。だからなおさら、みさきちゃんの椅子がなくなってしまったことが、みさきちゃんがいなくなってしまったことよりも、わたしたちのなかで引っかかってしまっている気がする。みさきちゃんの椅子は、血まみれだった。座る部分に、かたまりのような。にぶい色をした赤色にまみれていた。それがなにによるものなのか。ケガによるものではないことも、みんなたぶん雰囲気でわかっていただろう。でもこのことを、あたかもなかったことのように扱われているのはなんでなんだろう、とぼんやりとかんがえていた。だれもこのことを口にせずに、これからさきもただただ時間だけが過ぎていくのだろうか。身体だけが、こうして変化していく現実を、言葉にしてはいけないのだろうか。ひかり帯びているカーテンは、まるでスクリーンのよう。脳裏に浮かぶのは、あの赤色。そして帰り道はオレンジ色だった。

「世界って、どれくらいのものなんだとおもう？」

「うーん」

「や、地図とかそういうんじゃなくて」

「うん」

「なんかさいきんおもうのはさあ」

「なに」

「知っていけば知っていくほど」

「うん」

「もうぜんぜんちいさくなっていくというか」

「どういうこと」

「そもそもおもっていたよりも、ちいさいものなのかも」

「世界が？」

「そう」

「そうかもね、そうおもうよ」

「で、ごめんなんだけど」

「え」

「驚かないでほしいんだけど」

「うん、なに」

「わたし、演劇始めようとおもってさあ」

「演劇」

「うん、演劇」

「演劇ってなに」

「演劇って演劇だよ」

「演劇ってすごいの」

「すごいよ、一回だけ観たんだけど」

「へー、そうなんだ」

「始めようとおもって」

「えー、すごい」

「こないだできたでしょう、この町にも。劇場が」

「あー、だよね」

「劇団にはいろうとおもって」

「劇団。なにそれ、すごいね」

「それと、ごめんね」

「え、なにが」

「や、いろいろ」

「なんだよ、それ」

「わたし、わたしじゃなくなりたいくらいだよ」

「え、だから演劇なの？」

「え」

「だって、演劇って現実じゃないみたいじゃん」


のぶこちゃんと下校したのは、初めてだった。だれかに見られていただろうけれど、だれの目も気にならなかった。オレンジ色に染まる町を、ふたりでどこまでも歩いていった。学校のはなしや家族のはなしは、のぶこちゃんとはしない。漫画のはなしとかそういうつくりもののはなしだけしていれば、それだけでしあわせだった。ずっとこのまま、家に辿《たど》りつかなければいいのにとおもった。学校も家も、なくなってしまえばいい。なくなってくれれば、わたしはのぶこちゃんとどうしようもない、想像でしかないはなしを笑いながら、ずっと。おとなが、わたしに。わたしたちに、話していないことってなんだろう。それはなにかを保つために話していないのだろうけれど、話していないということは、うそに当たらないのだろうか。いつかすべて、この世界の仕組み、すべて話してくれるのだろうか。のぶこちゃんと別れて、帰宅する。ただいま、と言ってもだれからも返事はない。しかし寝室に、父親がいるのはなんとなく気配でわかった。父親の寝室のとびら。おそるおそる開けると父親は、あっちのほうを向いて、横になっていた。昨夜とおんなじ体勢で。わたしは昨夜、この部屋の壁を殴って、しかも舌打ちまでした。父親は、そんなわたしにちいさく「ごめん」と言った。あのまま。「ごめん」と言った、あの体勢のまま。

昨夜とまったく変わらないかたちで、父親は眠りつづけていた。

＊＊＊＊＊

「ヘルメットのことだいじょうぶ？」

「だいじょうぶもなにも、ヘルメットのことで呼びだす先輩ってどうなのよ」

「さやかちゃん、やっぱすこし目立ってるよ」

「え、でも、こんな地味なヘルメット嫌だし」

「まあ、さやかちゃん、絵上手いけど――それは書きすぎなんじゃない？」

「たしかに、書きすぎたな、とはおもっているよ」

「白い部分、もうあんまりのこってないもんね」

「しかし反省はしてないし、後悔はしてない」

「あ、あの馬――わたしたちについてきてない？」

「ああ――あの真っ白い馬。目がよく合うんだよなあ」

「まつ毛がながいよねえ」

「わたしたち、全力で自転車漕いでも――あの馬たちの疾走には敵《かな》わないんだろうな」

「あ、そういえば――この国道でさあ、こないだの日曜、牛が射殺されたってね」

「それ、わたしも聞いた。殺さなくたっていいのにね」

「先輩に、毎朝――牛乳持ってきてるあのこの家の牛でしょう」

「らしいね。あのこもあのこで、なんで先輩に牛乳献上するかね」

「こわいんじゃない？　なんかわからないけど」

「中学のそのかんじがわからないんだよな」

「そのかんじ？」

「だって小学生のころは、ぜんぜん弱かったあいつが、なんかイキってるみたいな」

「ああ、あるよね。面白くないわ」

「あれ、なんなんだよ。なんの現象だよ」

「わたしたち――三年になっても、ああならないよね」

「ならないよ。すくなくとも、牛乳はいらない」

「きょうも、学校だねえ。嫌だなあ」

「ねえ――あしたもいっしょに学校行かない？」

5

川べりにいて、双眼鏡を覗きこんでいる。校舎を眺めているのだった、ここで。じつはわたしは、数日前からここに、川べりにテントを張って、野宿をしている。三月、三月だった。受験も終わって、行く高校はもうきまっている。学校中、あと片づけで大忙しの、三月だった。卒業式にも参加したくないとおもっている。なんだかもう、すべてが嫌になった。この三年間で、みんなが変わったようにおもう。男子は身体がおおきくなったし、女子もますます陰湿になった。とてもつまらないとおもう。一年生のとき、家庭科の授業のときに先生が言ったことをときどきおもいだすのだけれど、あれもひどかった。男子はこの三年間で、だれもが射精を経験するとおもうし、女子はこの三年間のなかで、だれしもに月経が訪れるだろう。そう言われたのをおもいだす。なのだとしても、そのことを想像したくなかった。双眼鏡のレンズのさきに佇《たたず》む校舎。あの校舎のなかにいる人数分のそれらを想像すると吐き気がする。わたしなんかは、あの四角い建物のなかにいるべきではないのかもしれない。だってみんなたぶん、そのことを知っているのに（いっしょの教室で、みんながおんなじことを聞いていたわけだし）、仲よくしている。できている。体育祭、走ったり転がしたり、ちょっとしたケガだの貧血を乗り越えて、みんながみんなを応援していた。しかしわたしはさいしょからさいごまで、徹底的につまらないとおもっていたし、こんなことで声とか枯らしたくなかったので、すみっこでおとなしくしていた。文化祭、準備期間の幾多のケンカを経て、結果的にはみんながみんなを褒めたたえ、涙していた。しかしわたしはさいしょからさいごまで、徹底的につまらないとおもっていたし、段ボールとかを触って指切ったりするなんて愚かしい気がして、すみっこでおとなしくしていた。たったひとつのそのことを知ってしまったら、わたしはすべてなにもかもうまくできなくなってしまう。行き場もなくなって、どうしていいかわからなくなってしまう。あんなけがらわしい校舎に、三年間。この三月まで、登校できていたこと自体が奇跡。なので、卒業までの数日間はこの川べりで。双眼鏡を覗きこんで、校舎を眺めながら過ごそうときめたのだ。テントを張って。しゃぼん玉も持ってきている、タイミングをみて、吹いてみようとおもう。どこからか、猫の鳴き声。捨て猫だろう。町じゅうのひとたちが、この川べりに猫を捨てていく。ひとは好きな場所で泣いたり笑ったり、勝手に生きているくせに、猫はこんなところに追いやられて生きていかなきゃいけないだなんて、どうかしている。しかし、こんな世界。いまに始まったことじゃない。そもそも、わたしが生まれるずっとまえ。途方もないくらいずっとまえから、こんな世界。こんな世界だったのだろう。何百年も何千年も、何万年もまえからなんにも変わらず、こんな世界はこんな世界なんだとおもう。

ふと、おもいだすのは、去年のこと。ちょうど去年の三月、町の近くの活火山が噴火した。そのころ。


「噴火って見てた?」

「うん、見てたよ」

「どこで」

「ん、ベランダで見てたよ」

「おもっていたよりも、しょぼかったよね」

「うん、たしかに。でもたいへんなんでしょ」

「そりゃあね。でも、もっとすごいかとおもってたよ」

「炎があがったりとか、そういうのでしょ」
「そうそう、隕石みたいなのが降ってきたりとか」
「そうなんだよね、しかもそれを期待してしまっていたよね」
「どういうこと」
「世界がさあ、変わること」
「ああ」
「ある日突然、なにもかも変わってくれたらさあ」

ゆうくんももちろん、わたしといっしょ。中学三年生になったのだけれど、ゆうくんはまだ、ほかの男子みたいに声が低くなっていたりしていない。背たけも、わたしよりもまだ低いし。でもこれから、ああやってほかの男子とおんなじようになっていくのかなあ、と想像するとなんだかこわい。けれどもゆうくんのことをかんがえると(ゆうくんは気にしているようだし)、みんなとおんなじになっていくことを、わたしが嫌がるのはなんだかよくないような気がする。だから口にはしていない、そのままでいて、ということ。あした突然、ゆうくんの足は毛むくじゃらになって、声も低くなって、ひげも生えてしまったなら、わたしは平常心を保てるかわからない。とても混乱するとおもう、というかだれとどこにいついるのか、わからなくなってしまうとおもう。そのままでいて。そのままでいて、とおまじないのようにおもうけれど、それはきっと叶わない。ほんとうに大切なことは、これじゃないのもわかっている。ほんとうに大切なことは、そのままでいて、とおもえるひとがわたしの近くにいることだ。これってなかなかないことだとおもうのだ。だからたとえ、そのままでいることが、もうできなくなったって、そのままでいて、とおもえることができたこの時間は、記憶になってのこるわけだから、それってとても素敵なことじゃないか。そう、おもうのだった。というか、そうおもわないとやってられないのだった。だって、やっぱりゆうくんがいきなり巨大化とかは耐えきれない、わたし。

「でも、世界ってなかなか変わらないんだよ」

と、わたしはゆうくんに言ったとおもう。


「そのことを、今回のことでよくわかったよ」

「え」

「だってさあ、世界が変わってほしいだなんて期待すると、変わらなかったときに、じゃあどういう気持ちになるわけなの」

「うん」

「つまりさあ、わたしたちは、変化を期待できないんだよ。しちゃいけない、というか」

「そうなのかなあ」

「そうだよ。わたしたちは、変化を待つことしかできないんだよ」

「うん、それを知ったよね」

「ゆうくんはどういう変化を期待しちゃってたの」

「学校とか、学校じゃなくても国道の歩道橋とか、ぶっ壊れてくれたら、とか」

「ああ、しばらく学校に行かなくて済む、みたいな」

「そう、そうだね」

「それは無理だよ、学校ってあしたもあさってても学校でありつづけようとするじゃない」


対岸の歩道を、同級生の男子たちが歩いている。サッカー部の。こっちを見て、へらへら笑ってるのがわかる。すると、ゆうくんは黙るのだった。いっしょに歩いているのに、黙るのだった。とてもさみしいことだとおもっている。それにゆうくんはさいきん、わたしのこと、さやかちゃんって呼ぶときと呼ばないときがある。苗字で呼んでくるときがある。そのときはマジでムカつくから返事はしない。ほんと、男子って。


「きょうの放課後。あの町を見にいってみない？」

「あの町」

「そう、あの町」


噴火があって、湖のほうに住んでいる中学生たちが、わたしたちの町の中学校に転校してきた。

彼らは仮設住宅に避難してきて、そのままそこに住んでいる。学校は、転校してきたひとたちのことで持ちきりで、先生たちがいじめとかそういうことを気にしまくっているかんじで、それを察した生徒たちも仲よくしようとするみたいなまなざしをするやつがたくさんいて、あ、こういうとき、そういう表情になるのね、ってことでウザい空気が漂いすぎていた。ふつうにしていればいいのに、としかおもわない。ああいうまなざしや表情をするやつっていうのは、ひょんなことがきっかけでいじめる側に転じることがあるとおもう。つまり、いじめるかいじめないか意識しているから、いじめないことを選ぶのだろうとおもう。いじめない、イコール、仲よくする。無理にでも、仲よくする。みたいなの痛いからやめようよ。そもそもいじめるかいじめないか、どっちかしかないみたいなかんじが間違っている。ふつうにしていられないのか。ふつうでいいのではないか。

＊＊＊＊＊

放課後。ゆうくんと学校からすこし離れた場所で待ち合わせをして、「あの町」へ向かった。おそらく歩いたら二時間以上かかる「あの町」へ。自転車で行こうとおもうけど。見ておきたかったのだ、うわさの「あの町」。けれども、まだだれも見たことがないとおもう。この姿のゆうくんと見てみたかった。あした、ゆうくんはこの姿じゃないかもしれない。だからきょうの放課後しかないとおもう、「あの町」へ行くのは。自転車を走らせる。ゆうくんは昆虫博士と呼ばれるくらい、クワガタにくわしい。小学校のころはこの道を、夏休みに何回か早起きをして、ゆうくんと自転車を走らせて、クワガタの林に向かった。あの林で出会った白い馬のおおきな眼が忘れられない。まつ毛が深くて、うるんだおおきな眼。しかしいつしか、クワガタを捕りにも出かけなくなったよね、ゆうくん。いまは放課後だから、ヘルメットをかぶらなくちゃいけない。ゆうくんのあたまはとてもちいさいので、まだまだヘルメットが、ぶかぶか。目が隠れてしまうほど、深くかぶっている。


「さやかちゃん、演劇どうなの」

「うーん、どうっていうか。かなりきびしいよ」

「そっか、きびしいのか」

「うん、きびしいよ」

「おじさんは、どう？　元気」

「いや、眠ったまま起きないんだよ、もう何年も」

「へえ、そうなんだ」


そっか、ゆうくんとはむかしはなんだって話していたし、だからお互いのぜんぶを知っていたし。けれどもさいきんは、そうだよね、話す機会も減ったし、みんなのまえで話すこと、ゆうくんもわたしも恥ずかしくなってしまったよね。だから知っていることも減った。近くにいる、ってあいかわらずおもっていたけれど、自然と距離が開いてしまったのかもね。なんか、そのことを、特にあの放課後は、感じてしまっていた。

「あの角を、右に曲がって」
「うん」
「しばらく行ったら、立ち入り禁止の柵があるから」
「うん」
「それを越えたら」

立ち入り禁止の柵のところに自転車をとめて、わたしたちはヘルメットをかぶったまま、しばらく歩いていった。アスファルトの道路がぐねぐねと歪んでいる。会話もなく、地面ばかり見つめて。すると、道路が途切れているところまで辿《たど》りつく。しかし途切れているわけではないのが、すぐにわかる。ここからさきは水没している。そう、水がここまで来ているから道路は途切れている。ここが「あの町」。うわさの。噴火によって、地面は深く陥没した。そして水没してしまったのだとおもう。電柱や信号のてっぺんの部分だけ、水面から突き出ている。家屋の屋根の部分だけが見えるけれど、そこからしたは沈んでいる。白い車、止まれの標識。わたしたちが知るかぎられた世界は変わらなかった。しかしわたしたちがまだ見ていない、想像もしていなかった世界は、こうも変わっていた。

＊＊＊＊＊

川べりにいて、双眼鏡を覗きこんでいる。校舎を眺めているのだった、ここで。じつはわたしは、数日前からここに、川べりにテントを張って、野宿をしている。三月、三月だった。受験も終わって、行く高校はもうきまっている。学校中、あと片づけで大忙しの、三月だった。卒業式にも参加したくないとおもっている。

「さやかちゃん」

ゆうくんの声が背後から聞こえる。こころなしか、ゆうくんの声はかすれている。

「学校のみんな、騒いでるよ。さやかちゃんのことで」

「なんで」

双眼鏡のレンズのさきに佇む校舎。わたしなんかは、あの四角い建物のなかにいるべきではないのかもしれない。たったひとつのそのことを知ってしまったら、わたしはすべてなにもかもうまくできなくなってしまう。行き場もなくなって、どうしていいかわからなくなってしまう。あんなけがらわしい校舎に、三年間。この三月まで、登校できていたこと自体が奇跡。


「ゆうくん」

「なに」

「しゃぼん玉、しない？」


しゃぼん玉。

猫の鳴き声。


しゃぼん玉を通して、見る景色。


ひとは好きな場所で泣いたり笑ったり、勝手に生きている。

猫はこんなところに追いやられて生きていかなきゃいけない。

どうかしているよ。

でも、いまに始まったことじゃない。

わたしが生まれるずっとまえ。

途方もないくらいずっとまえから、こんな世界。

こんな世界だったのだろう。

何百年も何千年も、何万年もまえからなんにも変わらず。
こんな世界はこんな世界なんだとおもう。

わたしは、いつのまにか。ゆうくんの肩で眠ってしまっていた。

6

空港へ向かっている。電車に乗って。赤色のシートに腰をかけている。向かい側の席には、老夫婦が。おそらく彼らも空港へ向かっているのだろう。おおきめのスーツケースがひとつ、ふたりのまえにて不安定に揺れていて、男性のほうが取っ手の部分を握っている。女性は、ぼくが座っているうしろの窓の、おそらく右から左へ流れていく景色を、遠いまなざしで見つめている。その表情は、なんだかとてもうつくしいというか、すこし現実じゃないみたいで。もしかしたら、この車内にいる人間はすべて、もう死んでいるのかもしれない、とおもえるくらい。神々しいかんじ、というのか。知り合いがこんな表情をしていたら、笑ってしまうとおもう。他人だし、電車のなかだし、もちろんふつうに笑うわけはないけれど。なんでこんな表情ができるのだろうと、しばらくその女性を観察していると、気がついたことがあった。いまは、早朝で。車内には、ひかりがおおめに射しこんでいる。そうか、ひかりがあらゆる角度を持って彼女のところまで届いているのだ。じゅうぶんすぎるほどおおめのひかりは、床に反射して。彼女をしたから照らして

いる。車窓のサッシにも、ひかりが当たって、銀メッキの四角形が彼女の背後を縁取っている。スーツケースもシルバーだ。その表面の独特なカーブによって、ひかりは乱反射している。彼女の右胸の、鳥のかたちをした真っ白いブローチがたまにちらちらするのは、そのせいかもしれない。こんなにあかるい朝だというのに、蛍光灯の白は夜の時間を引きずったまま、点灯しつづけている。その白色と、薄く引きのばされたようなピンク色の朝のひかりは溶けあって、彼女まで届いている。つまり、表情というのは表情だけでは成立しないのだ。どこからどうやって、照らされているのか。そしてそれは、何色と何色が混ざりあっているのか。もしかしたら、彼女はいま、ただ眠いだけなのかもしれない。けれども、そう見えないのはなんでだろう。もしかしたら、彼らは夫婦ではないかもしれない。けれども、そう見えてしまったのはなんでだろう。スーツケースという小道具。この電車は、空港へ向かっている、という場面。早朝、という時間帯。遠いまなざし。射しこむひかりによって、影が、より年を重ねた皺をつくって、強調させる。ぼくは、このさまざまな演出に先入観を植えつけられてしまっていたのかもしれない。向かい側の座席が舞台なのだとして、こっち側の座席は観客席だ。ふたりは夫婦に違いない、これから遠くに住む大切なだれかに会いに行く、こないだ愛犬を亡くしたのかもしれない、それくらい憂いている表情をしている。しかし実際のところ、ふたりは他人で。じつは男性のほうはつぎの駅で降りて、女性のほうはつぎのつぎの駅で降りる。犬なんて飼ったこともない。ただ眠いだけ。かもしれない。現実を虚構のように見せることができる効果。もしくはその境目を曖昧《あいまい》にしていくことができる効果。

＊＊＊＊＊

「なんでわたしが、怒られてるみたいになってんの」

「そういうわけじゃないし」

「べつに、わたしが撮ったわけじゃないじゃん」

「そりゃね、そうだろうね」

「まあ、いいけど。わたしも同感だし。クソだったね」

「でしょ、あれはクソ以外の言葉が当てはまらないよ」

「そういえば、映画をいっしょに観るとか、ひさしぶりだよね」


ぼくらはあの日も電車に乗っていた。映画を観た、帰り道。進行方向にたいして一両目に乗ったのを憶えている。階段をくだってすぐの、電車の中腹あたりに乗ることができるエリアは、なんだか異様に混んでいたから、まえのほうへ行こうよ、ってことで。プラットホームの端っこまで歩いていったのだった。ぼくは彼女に、観た映画を隅から隅まで批判しまくっていた。その映画を監督した人物は、もともと演劇をしていたひとだったのだけれど、それも鼻についた。そのひとがつくる演劇を、何度も観たことがあったのもあった。大学生のころ、それこそ上京したてのころ、そのひとがつくる演劇は東京でいちばん面白いかもしれないくらいのかんじで、まわりには観ていないひとがいないくらいだった。なのに、なんだったのか。あの映画は。なんでそれがなんにも映画に反映されていないのだろうと、ムカついただけじゃない。映画という表現に、完全に飲みこまれてしまっているような気がして、かなしかった。こうやって、表現をするひとというのは、年を重ねていけばいくほど、かっこわるくなっていくのだろう。そして同時に、じぶんはそうはなりたくないとおもったのだった。じぶんよりもっと若い世代に、なにかはおもわれるだろうけれど、こうはおもわれたくない。映画を観ながら、じぶんの未来と重ねてしまうのがくやしかった。もしかしたら、訪れるかもしれない未来を内容とは関係なしに、想像してしまっていたのだ。だからそれも含めて、クソ以外の言葉が当てはまらない、としか言えない。まあ、そんなことを。彼女にぶつけまくっていた。あの日。ぼくらは知る由もなかった。このあと、乗ったこの電車が、ひとをはねてしまうことになることを。

「黄色い線の内側まで、おさがりください」

プラットホームに電車が到着する。ぼくらは、それに乗りこんだ。すこし酔っていたので、座りたかった。けっこう遅い時間だったけれど、それなりにひとがいて。一両目だけれど、立っているひとがちらほら。けれども、この駅でだいぶひとが降りたので、座ることができた。もたれかかって、ぼくらはなんにも話さない。ただ車窓のそとに広がる、夜景を眺めていた。夜だから、窓はすこし鏡のようになっていて、向かい側の座席に座るひとがすこし動くと、ぼくらの顔が見えた。そのなんともない繰り返しのなかで、ぼくらは電車に、ただ目的地まで運ばれていくようなかんじで、揺られていた。

電車は、つぎの駅のプラットホームに差しかかった。そのときだった。電車は急停車したのだった。車輪と線路が擦れる金属音。それは、急ブレーキをかけたから異様な音を発していることがわかる。そしてすぐに、がくん、と。おおきななにかにぶつかったような。しかしそれは、やわらかいなにかをえぐるようなかんじもした。ぼくは咄嗟《とっさ》に、背後の窓に目をやった。すると、年配のひとが宙を舞っている。ぼくはそのひとと目が合ったような気がした。そのひとは、そのまま地面に。すなわちプラットホームのコンクリートに落下して、何回もそのうえでバウンドしたように見えた。バスケットボールみたいに。そして身体をおおきくねじらせながら（その動きとともに、彼はぼくの視界から消えた）、そのままプラットホームとぼくらが乗っている電車のあいだにすべりこんで、はさまれてしまったのがわかった。はさまれてしまったあとも、電車は数メートル走行した。斜めに傾く、車内。彼の身体の厚みのぶんだけ、車両は斜めに傾いた。ぼくらは座席に座りながら、彼の身体の厚みを、その傾き加減で感じてしまっている。向かい側の座席に座っているひとたちの表情は、かたまってしまっていた。ほんとうにただただ、かたまってしまっていた。それが徐々に、この数秒間で起こったことを、受けいれることができないような表情に変わっていく。向かい側の座席に座っていたひとたちは、電車に跳ねられた男性が、宙に舞い、弧を描き、そしてプラットホームに落下するまでの一部始終を、車窓というフレームのなか、まるで映画のスクリーンに映る虚構を観てしまったかんじなのかもしれない。現実と虚構のあいだを、あまりに突然のことを受けいれることができないような表情をしながら、うろついているかんじがした。そんな向かい側の座席のひとたちの顔を見つめて、つぎに目をやったのは、となりに座る彼女へだった。彼女はまだ、そのひとが吹っ飛んでいった方向を見つめている。ほとんど無表情で、見つめている。年配のひとだった。スーツ姿の。それだけはわかった。たぶん彼は、絶命するだろう。数分間、車内で待たされたあとに、駅員の誘導によって電車から降ろされた。この車両の扉は開かない。となりの車両の扉も開かない。三両目の扉が開くから、そこから降りてくれ、という段取りだった。なので、ここの車両に乗っている乗客は、となりの二両目、三両目と移ってからプラットホームへ降ろされる、ということだったのだけれど、車内を歩くその一歩一歩の足どり、足の裏の感触、を鮮明に憶えている。つまり、彼の身体の厚みのぶんだけ、車両は斜めに傾いたのだから、乗っているぼくたちが歩くということは。乗っているぼくたちの人数分の体重が、いま彼にのしかかっている。電車の重みだけではない。乗っているひとの重みも、圧として。そして、歩けば歩くほど、その圧が増してくような気がして。こころなしか、みんな慎重な足どりで歩行している。圧迫される彼の身体の厚みを想像しながら。

「窓のそとは、見ないでください」

と、アナウンスがあったが、プラットホームにぐったりと片腕だけ伸びているのが、はっきりと見える。うしろの車両へと誘導されて、ついに下車をする。このことによって、電車が遅れてしまうことに苛立《いらだ》ちを隠せないひとたちが目立つのと、その電車とプラットホームにはさまっているひとを写真に収めておきたいひとたちで、ひとだかりができている。ぼくらは先頭の車両だったわけだけれど、なんとなく二両目、三両目と歩いてきたからわかる、乗客たちのかんじが違うことを。見ていないからかもしれない、あの身体の厚みを感じなかったからかもしれない。死、というものを目のあたりにしていない表情。死、というものがまだじぶんから遠い存在だとおもっているのかもしれないが、ぼくはあの一瞬で、案外近いものだと感じたのだけれど。

「そんなに死体を見ていて、たのしいか！」

と、駆けつけた警官がひとだかりへ向かって怒鳴ったのだった。そこにいたひとたちは、そのひと言で悟ったのだった。彼は死んだのだと。それにしてもほんとうにこういう、言ってしまえばあたまの悪いとしかおもえないひとが警官になるっていうのは、とんでもないことだな。とおもった。スポーツを始めとした勝負事みたいなことばかりやってきた筋肉そのもの、って顔つきをしていた。その警官の一言が、彼の死を決定的なものにしてしまった。

この日の運行は見合わされたので、ぼくたちはタクシーで帰ることになった。タクシーのなか、ぼくたちは終始、無言であった。いや、ひと言だけ。彼女がぼくに言ったことを憶えている。

「いまつくっている演劇は、どんなのなの？」

ぼくは、こう言ったとおもう。

「いや、いまそういうの話したくないや」

＊＊＊＊＊

あと二〇分後に着陸するらしい。ぼくは窓際に座っていた。となりの席、すなわちBの席には、身体がおおきめのひとが座っている。ちいさな窓から、これから着陸するのであろう、あたらしい土地を見おろしている。点々と橙《だいだい》色のあかりが灯っているあたりは、町なのかもしれない。

そしてその一〇分後。つまり、あと一〇分で着陸する。着陸態勢にはいりましたので。シートベルトをおしめになって、というようなことをおそらくアナウンスされたのであろう。聞きなれない言語だったから定かではないのだけれど。

さらにその、五分後。機体は、降下しているのかどうなのかよくわからない様子だけれど、たぶん確実に降下しているのだろう。あたらしい土地は、どういう土地だろう。緊張することでもないのだけれど、ようやくすこしだけ意識できた。口のなかは、さっき食べた機内食の味がする。

朝がやってくるのがずっと遠くに感じていた。ぼくはあの夜も眠れずにいて、ぼくに背を向けて眠っているそれを、ぼくは見つめていた。ぼくらは、あの部屋でセックスをして、そのあとに夢みたいなことを語りあったこともあった。たくさんのことに、共感しあったり、頷いたりしたこともあった。わからないことには、抗ってみたりしたこともあった。だけれど、すべてをすりあわせることができると、諦めたことがなかったし、やがてかならずどこかに着地するのだと、語らうことをやめなかった。ほんとうの時間のなかに、ほんとうではない時間をふたりでつくりあげて、そのなかで言葉を交わしつづけた。しかし、言葉というものは重ねるほどに希薄になっていく。薄く、薄くなっていった果てに、彼女は起きあがらなくなってしまった。

三分前。森が見える。そのなかにプレハブと言うのだろうか、山小屋のような建物がひとつ。

おなじ体勢のまま、もう何年も眠りつづけている。ささやかな寝息は、彼女の時間の揺らめき。彼女の時間のことを、ぼくは知ったつもりでいたけれど、ほんとうはなんにも知らなかったのだった。

一分前。橙色のあかりだけではなくて、じつはいろんな色で溢《あふ》れていた。町がより、近くに見える。

そこはいつだかの部屋。あれも真夜中だった。なにを言っても、返事はなかった。そしてそれから、ぼくは荷造りをして、部屋を出ていこうとおもった。しかし、出ていくのではない。もういちど、かならずここに戻ってくる。彼女とのことを諦めたくはなかった。いつか彼女を、彼女の眠りから起こしたいとおもった。ぼくが知ることのできなかった彼女の時間を、再開させたい。再開できたならば、そのときはあのころよりも知ってみたい。そのためにも、出ていかなくてはいけない。

三〇秒前。

彼女とぼくは、再会したいのだった。

二〇秒前。

「いまつくっている演劇は、どんなのなの?」

一〇秒前。

「いや、いまそういうの話したくないや」

着陸。

あの真夜中。あの部屋で眠りつづける彼女を置いて。ぼくは旅に出た。

あたらしい土地で、町で、なにが見つかるかはわからない。しかし、日本にいてもわからないことはある、ということはたしかだった。じぶんはどこまで手を伸ばすことができる人間か。それを知ることができるのは、いつも海より向こうの世界だった。海より向こうでしか、知ることができないのだった。

7

だれもいない校舎。その教室。窓にはもうカーテンはないから、東から射しこむ朝の陽が部屋を淡く染めている。ほこりが舞っている。床は木材で張られている、いまはあまり見ないかんじの。かつて、この教室にもだれかが通っていたのだろう。しかも、おおくの。数えきれないくらいの。生徒と呼ばれるひとたちが。廊下はやけに薄暗い、教室に比べて。そして気配がする。だれかが歩いた、または走った気配がする。それは教室で感じる気配とはすこし違っていた。なにが違うかというと、おそらく運動が違っていた。そう、教室と廊下とでは運動が違う。廊下にて、佇むひともたしかにいたけれど、廊下にて佇むというのは、教室にて佇むのと明らかに違っていた。廊下という場所ではやはりひとが行き交っていた。教室というのは、そうではない。行き交うのではなく、そこで立ちどまって。座ったのちに、澱《よど》むのだった。だから教室というのは澱みだとおもった。流れというものはなかった。みんな、ここでひとときを澱むのだ。廊下で絶え間なく行き交ったのちに、教室にて澱む。そのサイクルが、ここにはたしかにあった。時間も違っただろう。教室では一定の時間、座っていなくてはいけなかった。雨の日も、晴れの日も関係なく、一定の時間。廊下での時間というのは、教室での時間よりもかぎられた時間だっただろう。というよりも、教室での時間の合間の時間を廊下というのは担っていた。あるひとは、トイレへ行きたかった。あるひとは教室から教室へ移動するらしかった。そんなかぎられた時間が、廊下にはあった。ひとによっては教室へはいりたがらなかった。きっと教室での時間に耐えることができなくなったのだろう。いつも教室のまえに連れてこられるのだが、廊下にて立ちどまってしまって、そのまま帰宅するひともいた。というようなことが、とにかくいろいろあったのがここである。この校舎にて、かつていろいろあった。ほんとうにいろいろあった。ほこりが舞って、そして斜めに射しこむ陽が、それを照らして、妙な雰囲気を醸しだしている。もちろんだれもいないわけだけれど、かつてだれかがいた気配がする。声が聞こえるわけではないが、声がしたのだろう。いくつもの声が。しかし顔が見えない。ひとりひとりの顔が見えないのが、すこしこわかった。知らないことがこわかった。知ることができるわけないのがこわかった。この校舎にだれが通って、だれが過ごして、だれが去ったか。想像するとこわかった。わたしも通った、過ごした、そしてやがて去るのだろう。そしたら、わたしもそのおびただしい数のなかのただのひとりになって、だれかに忘れ去られてしまう。そうかんがえるとこわかったし、消えてなくなりたくなる。こうおもうのは、わたしだけ？　だれもいない校舎を眺めながら。

＊＊＊＊＊

目が覚めた。授業中だった。夢を見ていた。だれもいない校舎の夢。いまは何限だろう。わたしは何限から何限まで寝ていたのだろう。わからない。わからないけど、興味もなかった。わたしは教室にて、毎日ただただ寝ている。昼休みまではできるだけ寝ていたい。目が覚めたとき、もちろん授業中ということで、まわりにはクラスメイトと呼ばれるみんながいるにはいるけれど、わたしはとにかくひとりだった。先生もなにか教えてくれているようだけれど、その声はわたしには届かない。わたしはひとりで、そして昼休みを待っていた。いくら寝ていても、わたしを起こすひとはもういない。高校にあがって、さいしょの一ヵ月くらいは無理やり起こされたこともあったけれど、いまやもうだれもわたしを起こさない。わたしは平気で授業中にお弁当を食べた。昼休みにお弁当を食べる時間はなかった。昼休みは演劇をする。放課後の部活動の時間を発声練習から始めると時間がもったいないから、わたしたちは発声練習というものを昼休みに済ませてしまうのだ。だから、昼休みというか発声練習の時間までに睡眠も食事も摂ってしまいたかったので。だからわたしは当然のことのように、眠っていた。ちなみに朝練もあった。朝の六時半には登校して、まだできていないシーンや、精度の低いシーンの稽古をする。先輩たちよりも早く登校していないと説教されるし、自転車登校をしていたわたしは汽車でやってくるひとたちよりも数分でも早く登校するように努めていた。だから当然眠いのだ。中学までは劇団での稽古しかなかった。夜の一八時から二二時まで。けれども、高校にはいってからは、朝練もあって、昼には発声練習もある。そして放課後も稽古があって、部活を終えると先生のワゴン車にわたしの自転車を積んで、劇場へ向かって二二時まで劇団の稽古をする。という日々だった。寝る時間もあまりない。帰宅するのは二三時とかだから。演劇漬けとはこのことなのだけれど、わたしにとってはこれがふつうで、苦に感じたことはいちどもなかった。まわりのみんなはわたしを心配した。とにかく授業中は寝ているか台本を読んでいるかだったし、テストの成績はもちろん学年で最下位とかそういうかんじだった。

すべて演劇のための時間だった。寝るのも、食べるのも、それを味わってはいない。演劇をするために必要なことだった。そして回復した体力のなかでおおきく呼吸をして、わたしはとにかく演劇をした。

演劇はもはや仕事くらいにおもっていた。部員のなかには青春みたいな雰囲気で演劇しているひともいたし、劇団のなかにもいちど置き去りにした青春を取り戻そうとするかのように演劇をするひともいたけれど、わたしはそれとはいっしょにされたくなかった。

演劇以外の時間はほとんどなかったけれど、高校は自転車で四〇分かかるところにあったので、登校している時間だけは演劇以外の時間だったかもしれない。もちろんひとりで登校する。朝靄《あさもや》のなかを、牧場と畑のまんなかを突っ切っていく。牛やら馬を眺めるのが好きだった。朝は放牧されている彼らの姿はとにかく自由で気持ちよかった。みんなは流行っているバンプオブチキンみたいなの天体観測みたいなやつを聴いているみたいだったけれど、わたしはソニックユースのデイドリームネイションを聴いていた。あのアルバムを聴くと、地平線が見えるくらいの広大な大地を自転車で突っ切っていったのをおもいだす。高校一年のころは四〇分かかっていたコースも、高校三年になると二〇分くらいで行けていた。あれはなんであんなに速く漕げていたのだろう、不思議なのだけれど。登校するときのあの風景以外は、演劇しかなかった。わたしには演劇しかなかった。そして、ひとりだった。わたしはなんか、ひとりでいろいろかんがえていた。

教室にて、目が覚めたとき。窓際の席だった、わたしの目のまえにカーテンがふわりと揺れてきた。そして校庭を眺めると、そこには鹿がいた。角のながい、雄鹿。こないだはキツネが出て、みんな騒いでいた。だからわたしはあの鹿のことはだれにも言わないでおきたいとおもった。授業は進行しているみたいだ。あの喋っている先生がなんの科目の先生なのかすら、わたしは知らない。しかしみんな熱心に勉強しているみたいだ。わたしは鹿を見つめている。目は合っていないだろうけれど、わたしのほうを見ている気がする。彼もひとりで、わたしもひとり。こんな校舎のなかで。わたしは演劇の時間までひとりきりだよ、と目と目で話しているつもりになって。ただただ時間が過ぎていく。そんな、真っ昼間。

＊＊＊＊＊

夏休み。北海道とはいえ、夏は夏なので、夏らしく暑くなる。恒例の、夏合宿というものがあった。三泊四日。とにかく演劇をする。この夏合宿を経て、わたしたちは福岡で開催される全国大会へ行く。あいかわらず、あまり尊敬もできない先輩たちがつべこべ言ってくるけれど、それをいいかんじで聞き流しながら。表現を高めていくことをろくに眠らずにがんばった。夏合宿のさいごの日。公開の通し稽古のあと、父母が来てバーベキューを準備してくれていた。

「やー、おもってたよりもきつかったよね」

「ねー」

「まあ、でもだいぶよくなってきたとおもうよ」

「そうかな」

「なんかいろいろあったし、これ終わったらやめそうなひともいるけど」

「だね」

「うん」

「ただ、やめたいやつはやめたらいいのではないかな、とわたしはおもうよ」


わたしと話していたのは、ミッチーという同級生。

「でも、おれはどうにかみんながやめないで全国大会に行く方法はないかとおもうんだよね。なんかそういうことでテンションさがるのももったいないじゃん、ここまでやってきて」

ミッチーはとにかくやさしかった。ミッチーが怒ったところなんて見たことない。ミッチーはいまはモテないだろうけど、オトナになったらモテるタイプだとおもう。こんなつかれてるのに、ひとのことを気にかけるなんて、わたしにはできない。それにわたしは、やめたいひとはやめたらいいとおもうのだった。だって、合わないのなら無理しなくていい。無理してやるものでもない。演劇なんて。


「ただ、さあ、おれはおもうんだよね」

「え、なにを」

「OBOG、ウザくない？」

「あ、おもうよね？」

「あいつらだれなの」

「だれなんだろうね」

「ふつうにさむいんだよな。演劇部みたいな顔してさあ」

「演劇部なんだけどね、わたしたちも」

「そうだね、それを忘れてたわ。演劇部だったね、おれらも」

「演劇部だよ、演劇部なんだけど。あいつらはまた、なんていうか演劇部が濃いよね」

「言ってることのほとんどがわからないんだよ」

「わかる。だれに言ってんだ？　っておもうんだよね、わたしなんかは」

「たしかに」

「演劇歴でいうなら、わたしのほうがうえかもしれないしね」

「マジで、言うだけ言って気持ちよくなってるやつとか、気持ち悪いわ」

「だよね、そうおもうよね」

ミッチーはやさしい。やさしいけれど、たまにひとのことをめちゃくちゃに言う。しかし顔は笑っている。

「まあまあ、いいや。肉食うか」

「肉、食おう」

ふたりで――合宿にやってきたOBOGとか、父母とかを眺めながら。コーラ飲んで、笑った。


*****

三年の夏。全国大会で福井県を訪れていた。全国大会という場では、わたしたちは浮いていたとおもう。ほかのどの高校よりも田舎にある高校に通っている自信があったし、わたしたちよりもなんだか今風のかんじの演劇をやってる。わたしたちはミュージカルみたいなことをしているけれど、ほかの高校の作品では、高校生が高校生を演じている。高校生が、高校生の悩みみたいなことをテーマに表現している。わたしたちはといえば、ひとはなぜ生きるのか、とか、農業とは、みたいなことがテーマで。この会場のだれに伝わるのかわからない表現をしているのかもしれない。わたしたちは、毎日広大な畑を見ていて、今年もとうもろこしおいしそうだなあ、とかおもっているから、わたしたちからは離れていない演劇も、全国大会のような場では場違いなのかもしれない。だけど、だれにどうおもわれようが、じぶんたちのリアルというものは、このフィクションのなかにあるのだから、とにかく表現として成立させよう、と。

審査員席には、東京の演出家がいるらしい。彼の演劇は「静かな演劇」と呼ばれているらしいが、それはどんな演劇なのか見当もつかなかったし、そのころのわたしにとってはそんなことどうでもよかった。もうわたしたちはやけくそだった。ただ、たのしめばいい。それだけだった。

「まあ、これが終わったらほとんど引退だろうけど」

「うん」

「たのしもうよ」

「だね」

「勝てば、東京行けるけどさ」

「東京行こうよ」

「行けたらね」

ミッチーとそう話して。わたしたちの作品の幕は開いた。観客にとって、結果どうだったのかはわからない。けれども、わたしたちはすこしだけ。演劇をやりきった気がした。上演のあとの、なんていうか言葉では言いあらわせない気持ちというか、雰囲気が。

＊＊＊＊＊

全国大会の結果は、ベスト4だった。ということで、東京の国立劇場で上演できる権利をもらったわたしたちは、福井から北海道へ一旦戻ったのちに、夏の終わり。東京へ向かった。

わたしはそのときにおもったのだった。東京へ出ていきたい、と。東京へ出て、演劇をしてみたいとおもった。というか、しなくてはいけないというような気持ちだった。そうしないと、おそらく後悔する。町は、わたしを、わたしの演劇を育ててくれた。けれども、演劇はあの町にあるものだけではない。もっと演劇は、この世界にたくさんあって、わたしはそれらの演劇のことをまだ知らない。わたしは知りたかったし、知らなくてはいけなかった。

同時に、あの町を出ていくということは。というようなこともおもった。わたしはあの町では足りない、と判断したのだ。ということは、いまこうしていっしょに東京へ向かおうと飛行機に乗りこんだ部員たち、先生たちのことを、わたしはこの夏が終わった数カ月後に、過去にしようとしている。そのことをかんがえるとすこしやるせない気持ちになった。現在がたのしい。みんなで演劇しているのたのしい。というだけで高校生活を終えようとしていないのだ、わたしは。

なにがわたしのなかのなにかを、そこまでして動かそうとしているのかわたしにはわからなかった。ただ、どうしても出ていきたかった。わたしのなかの演劇を、わたしは更新したかった。飛行機は離陸しようとしていた。わたしはいろんなことをかんがえていた。ここにいるようで、いないような気持ちだった。

目を閉じる。からっぽの校舎。カーテン。そして、窓。校庭には、雄鹿が。先生の声。黒板にチョークが当たる音。お弁当を食べて、台本を読まなくては。朝靄のなかの、牛。真っ白い馬が、走っている。軽自動車が、道路わきの側溝にはまっている。わたしはソニックユースを聞きながら、自転車を走らせている。恋だの愛だの知らない。演劇のことしか知らない。現実なんて、すべてフィクションってことでいい。だってオトナは現実を、うそをつきながらつくってきたのだろう？　だとしたらさいしょから、うそってことでいいじゃないか。うそなんかつかずにさあ。

離陸。目を開ける。数時間したら、東京にいるわたし。わたしたち。

8

夜だった。この町の夜は、とにかく暗くなるから、だからなのか、だれも出歩いたりしない。けれども、わたしは散歩をしていた。遠くから聞こえてくる、線路の音。貨物列車が、走っていくのがわかる。道のどまんなかに、不自然なかたちで寝そべっているのは、あれは猫だろう。死んでいるとおもう。夜だからわからないけれど、血を流して死んでいる。だって、あんなにも不自然なかたち。なにも警戒していない様子だし、もちろんぴくりとも動かない。しかしどうしてわたしはあのかたまりを見て、瞬時に「死んでいる」とおもったのだろうか、かんがえてみる。うん、やはり、なににも警戒していない様子、だということがいちばんおおきいような気がする。猫とかそういうのって、生きている最中はつねに、じぶんの外側と対峙《たいじ》しているとおもうのだった。しかも異様に張りめぐらして。でも、あのかたまりにはそういう意識がない。わたしもわたしで、動物として。あのかたまりに、そういう気配を感じていない。つまり、意識のないものに、気配を感じない、ということが「死んでいる」を成立させてしまったのだろう。さらに向こう、道の突き当りにある頼りない街灯だけが、そのかたまりを照らしているのだが、わたしはそちらへ向かって歩いてみる。かたまりがほんとうのところ、なんなのか。近づいて、凝視すると。猫だとおもっていたそれは猫じゃないことがわかった。しかし死骸だということはたしかだった。それは、ふくろうだった。ふくろう。徐々にわかったのだった、猫じゃなく。ふくろうだと。なんなのか、ピントが合っていくとわかってしまった、ふくろうの姿。ふくろうの顔。穴が開いたような、どこまでも黒い目。ぜったいにおかしい首の角度。わたしを睨《にら》んでいるようだけれど、もうその目にはひかりはない。その一連、すべてが一秒間でわたしのなかを駆けめぐって、真夜中へ絶叫。その場を走り去る。街灯のところまで。わたしの影。オレンジ色。一軒のおうちの窓からもれている、あかり。あのおうちの住人は、まだ起きているのだろうか。この町で起きているのは、わたしと。あのおうちの住人だけかもしれない。そんな気がしてくるくらい、この町は暗い。真っ暗闇だ。何百メートルも上空から、たとえばさっきのふくろうになって、この町を見おろしてみると、穴が開いたようなかんじだとおもう。それくらい、暗い。なぜだか、だれかと、無性に喋りたい。そういえばわたし、さいきん、だれともふつうに喋っていない。学校では、放課後まで。つねに寝ているし。放課後は演劇をしているけれど、声を発するのは、つまり台詞を言うときだけだから、喋っているわけではない。こんな真夜中だけれど、この世界に、だれかわたしと喋ってくれるひとはいるのだろうか。というか、このさき、だれかわたしと喋ってくれるひとはいるのだろうか。わたしは、さいきん。発語も、そもそもの意味を見失っているような気がする。発語とは、だって、だれかと喋るためのものだったはずだ。しかし、わたしのなかで発語という行為は、いつしかだれかに届くかどうかでしかなくなって、しかも届いたかどうかもわからないので、もちろんわたしの発語が、わたしのもとへ返ってくることはない。学校のみんなみたいに、喋ることが生きがいみたいなかんじで、もはや喋れないのだ。それはとても孤独なことだと、わかってはいつつも、もうどうしようもない。わたしには、ふつうの発語はもう無理だった。舞台のうえでの発語以外、無駄な発語だとすらおもっている。舞台のうえで注ぐ発語に、支障が出てくる気がするので、ふだんはそんなに発語したくない。必要最低限な、消しゴムとって？　くらいの発語しかしたくない。そんなわたしが、なんでだろう。なんでか、いまだれかと無性に喋ってみたい。できれば、あの窓のあかりのなかの住人と。喋ってみたいのだった。インターホンを押してみてもいいかもしれない。お願いがあって。それはあなたと喋ってみたい、というお願いなのですが。と、まずはそうやって喋ってみたい。けれども、こんなに深夜。へんな子だとおもわれて、おしまいだろう。

父はあいかわらず、眠りつづけている。あの夜、眠ってからずっと。おんなじ体勢で。なので、わたしは家でも喋る相手がいない。ゆうくんも、のぶこちゃんも、違う高校へ行ってしまった。部活も、ただただ本気の部活なので、先輩後輩もきびしいし、きびしくしなくちゃいけないし、そのなかでは意思疎通できるかどうか、ってだけで仲がいいとかはないのだった。とにかく喋るひとがいない、わたしには。気づいてしまった。そうか、わたしは高校にはいってから、ほんとうにだれとも喋っていないのかもしれない。それが心地いいともおもっていた。朝は六時には学校へ行って、発声練習。授業中は睡眠時間だとおもって、とにかく寝る。昼休みになったら、また発声練習。放課後まで、また全力で寝る。放課後は、部活というか、稽古。夕方六時になったら、部活が終わって。わたしは市民劇団にもはいっているから、部活の顧問の先生でもあり、その劇団の演出家でもある先生、いやわたしは先生だとおもったことはいちどもなくて、ただの鬼だとおもっているのだけれど、その鬼のワゴン車に乗って（わたしの自転車はそのワゴン車に積まれる）、町の中心にある劇場へ向かう。その劇場で夜の一〇時まで稽古して、やっと帰宅。すなわち、もう演劇しかやっていないというか、演劇のこと以外をかんがえる暇がないのだった。そりゃあ、だれとも喋れない。だれかと喋りたくて演劇を始めたわけではない。でもさいきんおもうのは、だれかと喋れたことなんてあるのだろうか、と一〇歳のころのわたしはおもったのかもしれない。だれとも喋れていないのはいまに始まったことじゃない。演劇のせいにしたいくらいだけれど、演劇のせいでもないようにおもう。わたしはさいしょから、だれかと喋ることが苦手とかいう言葉以上に、違和感があった。喋れたことは果たしてあるのだろうか。いや、最低限の、消しゴムとって？　くらいのことはできているけれど。だれかと喋れたことなんて、やっぱりいちどだって、ないとおもう。

「演劇がどうの、って以前に、表現って、じゃあなんなんだ、ってことをかんがえるんですよ。なんで表現ってものがこの世界にあるのか、というか、あることになったのか、というか。だって表現なんてものがなくたって、具体的に世界は時間を進めていくことができるじゃないですか。どうして表現なんて、めんどくさいことがあるのか。文字さえ書ければいいじゃないですか。絵なんて、描けなくていいじゃないですか。映画ってなんであるんですかね。演劇よりも最悪ですよね。映画なんて、どこをどう観ればいいんですか。死んでるひとも映画のなかにはいますよね。うそつかれてますよね、だってわたし、生きてるのに。演劇も演劇で、なんなんですかね。なんで目のまえでなんかやるんですか。目のまえでなんかやるのを観たい、ってなんなんですかね。めっちゃ暇じゃないですか。だってたとえば、ひとりひとりの日常のほうが、演劇なんかよりぜんぜんスリルありますよね。いじめられたとか、いじめたとか。恋だのなんだの、って。なにを求めて劇場に来るんですか。非日常を求めて、とかかっこつけて言いますけど。じゃあ、非日常ってなんすかね。ありえるんですか、非日常。言ってしまえば、ぜんぶ日常のなかでしかなくないですか。なんだろうなあ、なんで演劇なんてやってんだろう。こんなつらいおもいして。先生はなんで、演劇なんですか。なんか憧れっすか。演劇ってやっぱいいなあ、みたいな。こないだ、大会あったじゃないですか。あのとき、わたし初めて演劇に勝敗があるってことを知ってしまったというか。一〇歳から中三までは、ほんとただただ、それこそ表現としての演劇をやっていただけだったじゃないですか。でも高校にはいってから、もうほんと勝負のことばっかじゃないですか。これって表現なんですか？　あんなクソみたいな活躍してるかわかんないババアとジジイが審査員で、なんか好き勝手言われましたよね、こないだも。わたしたちの作品。あれ、くやしくないんですか。わたしは泣きましたけどね。くやしくて。先輩が引退することがかなしくて泣いたとかはまったくなかったけど、とにかくくやしくて泣きましたよ、わたし。十勝から伊達までの八時間。バスのなかで。泣きましたからね。ほんとあのババアとジジイ、わたしがオトナになってもまだいたらボコボコにしてやりますよ。ぜったい顔と名前忘れねーし。先生はくやしくないんすか。だって、あれ先生の作品じゃないですか。町のひとたちにも協力してもらってつくった作品じゃないですか。それをあんなふうに言われてくやしくないんすか。わたしはくやしくてしょうがないっすよ。だって先生の作品、というか表現しかないんですよ、わたしには。わたしはそのなかでしかひとと話せたことがない。先生の表現が、なんか言われることがわたしはいちばんムカつくんですよ。それ以外はへらへらしてますよ。でも、へらへらできないんすよね、演劇のことになると」

「さやか、わかった。もういい。寝ろ」

　そう言って、ワゴン車から降ろされたのだった。町はもう真っ暗だった。わたしは帰宅せずにそのまま散歩をした。あたまを冷やすためというか、このまま寝て、そのまま部活には行きたくなかった。

そう、初めて負けたのだった、演劇で。負けた日の夜のことを憶えている。しし座流星群というのがちょうどきていた、夜だった。もう零下の寒空を星たちは、ほんとうに絶え間なく降り注いでいた。マジでＧＬＡＹかよ、ってくらい。一週間ホテルに泊まっていたとおもうのだけれど、あの夜。初めてホテルのそとに出た。

「こんな負けみたいなことを経験したくて演劇やってるわけじゃないんですけどね」

「うん」

「なんなんすかね、運動部とかみたいなああいうかんじじゃないじゃないですか」

「まあね」

「表現としては強いけど、一位じゃない。とか言われましたよね」

「だったね」

「意味わかんなくないですか、あのとき壇上にあがって、あいつぶち殴ってやればよかった」

「停学になるよ」

「いいっすよ、停学で」

これで引退になる、三年生の先輩がとなりにいた。とてもやさしい先輩だった。おそらく卒業したあとは演劇なんかやらないのだろう。というか、先輩たちのほとんどは演劇なんてやめてしまうのだろう。それはでも、ふつうのことなんだとおもう。高校生の部活なんて、青春みたいなかんじで思い出として、のこればいいのだろうし。しかしどうしてか、わたしはなんかすべてが納得いかないというか、腑《ふ》に落ちていなかった。


「だけど、さやかちゃんは演劇つづけていくような気がするよ」

「え」

「なんか、そんな気がする」

「なんでそういうこと言うんですか、なんかムカつくわ」


先輩は、とてもきれいな先輩だった。わたしはその先輩のこと、おそらく好きだった。たぶんだけど、タバコを吸っているかもしれないかんじも好きだった。マッチを集めているとか言っていたし。ずっと年上の彼氏もいるんだとおもう。やたらと音楽と車に詳しいし。演劇をつづけていくような気がするよ、なんて言えちゃうかんじとかも。嫌いなところがひとつもない。好きだったとおもう。しかし、なにを言っているんだろう。無責任に。


「それにしても、星。降りすぎじゃない？」

「ですよね」

「世界が終わるみたいだね」

終わってみてもいい。こんな世界。終わったほうが、むしろいいのかもしれない。だって表現なんてほんとうにほんとうはなくたって、世界はまわっていけるし、人間は生きていける。わたしがやっていることなんてだれにも影響がない。舞台でなにをしたって、戦争は起こるし。災害だって。恐慌だって。表現とはまるで関係なく、起こってしまう。表現とはじつは、すべて後追いでしかないようにもおもう。先回りしてなにかできるものではないようにもおもうのだ。なにかが起こって、それを扱った表現が生まれる。だからなんか、一歩遅いような気がしてならない。こんなもどかしさって、つづけていくのだとしたらずっと、味わっていかなくちゃいけないのだろうか。寒空のした、流星群にただただ圧倒されながら、そんなことをかんがえていた。

＊＊＊＊＊

演劇のこと以外はなんにもかんがえずに、わたしはあっという間に高校三年生になっていた。つまりこの町を出ていこうとする季節だった。まわりのみんなは漠然と将来、みたいなことに悩んでいるかんじだったけれど、わたしも悩むのかもしれないとかおもったことはあったが、けっきょくでも悩むことはひとつもなかったようにおもう。演劇をまだかんがえていくことに、あんまり抵抗はなかったというか、それ以外、興味がなかった。それしかなかった、ともいえる。それくらい、わたしには演劇しかなかった。演劇以外で、なにかに気づかされたこととかなかった。基本的にはばかにしていた、演劇以外のことを。そんなわたしが演劇をやめるわけがなかった。

だからそれ以外はほんとうに選択肢はないわけだから、悩むとかもなかったのだとおもう。

＊＊＊＊＊

夜だった。この町の夜は、とにかく暗くなるから、だからなのか、だれも出歩いたりしない。けれども、わたしは散歩をしていた。遠くから聞こえてくる、線路の音。貨物列車が、走っていくのがわかる。

「さやかちゃん」

だれもいないはずの、いるはずのない夜道で、だれかに呼ばれたような気がして振り向くと。そこには、のぶこちゃんがいた。小学校以来だとおもう。声はたしかに、のぶこちゃんだった。

「のぶこちゃん？」

なんでか、いまだれかと無性に喋ってみたい。そうおもっていたところだった。のぶこちゃんが、ひさしぶりにわたしのところへやってきてくれた。ここまでなにがあったか、こまかく話したかった。あのころみたいに時間制限はないよ、のぶこちゃん。わたしたち、朝まで話せるよ。

漫画のはなしから、なにからなにまで。

「さやかちゃん」

「のぶこちゃんだよね、ひさしぶり。どうしてた？」

「うん」

「ずっと会いたかったよ」

「さやかちゃん」

「なに」

「みさきちゃんって憶えてる？」

「うん、憶えているよ」

夜だった。夜だったし、暗かったから、のぶこちゃんの表情がよく見えなかった。けれども、のぶこちゃんがわたしを、まっすぐ見つめているのはわかった。のぶこちゃんは、すこし間をあけてから、わたしにつづけたのだった。

「みさきちゃんが」

「うん」

「死んじゃった」

あれは、もう雪が降るかどうかの、秋だったのを憶えている。冬が訪れて、そして去っていくのと同時に、わたしは。

9

もうじき始発の列車が動きだすころだろう。わたしは部屋にいて、耳を澄ませていた。貨物列車はあわただしく、夜なのかどうかは関係なしに何度も何度も、この町を通りすぎていった。これは毎晩、こうだったのだろうか。その音を意識していない夜は、こんなに聞こえてくることはない。しかし毎晩、こうだったのだろう。わたしがどういう状態であれ、世界はわたしとは関係なしに動きつづけている。わたしが眠っているときにだれかが起きている。わたしが起きているときにだれかが眠っている。この瞬間にだって、だれかがなにかを発見したりしているのだろう。または、なにかに絶望したりとか。小学生のときにそういう仕組みに気がついてしまった男子がいたことを憶えている。その男子は「はい、死んだー。はい、死んだー」と朝から放課後まで言いつづけていた。あのときは、ばかだな、としかおもわなかったのだけれど、あれはきっと彼が気がついてしまった瞬間だったのかもしれない。世界はじぶんではどうにもできないことで、溢れている。なにを祈ったって、届かないことのほうが圧倒的におおいのだ。そう、いま、この瞬間にだって、だれかはわたしなんかよりもずっと深刻に悩んでいる、そして死のうとしているかもしれない。というか、現に。わたしが演劇のことしかかんがえていない日々を送っていたときに、小学校がおんなじだった、みさきちゃんは死んでしまった。

貨物列車は、あっちから来てこっちへなにかを運んでくるよりも、こっちからあっちへなにかを運んでいくほうがおおいような気がする。つまり、あっちからこっちへ運ばれてくるものなんてほとんどないような気がするのだ。たとえば、木々は伐採されてその木々は、あっちへ運ばれるわけだし、こっちで育った牛の乳を、もちろんこっちのひとも飲むわけだけれど、あっちのひとは特によろこんで飲んでいそうだし。じゃがいもなんて、これでもかってくらい採れるわけだから、それだって運ばれていって、煮たり焼いたり揚げたりして、それらを食べるのだろう。あのコンテナのなかにはなにが詰まっているのか。ひとははいっていないのか。おもえば、ずっと不思議だった。わたしの家の近くの空き地には、もうつかわれなくなった汽車が置かれている。空き地のどまんなかに、悠然と佇んでいる汽車。錆びているのだが、たしかな存在感の汽車。

父親は、眠ったままである。あの日から、ずっと。あれから、いちども起きないのだった。なのでわたしは、もう小学生だったあの日から、ひとりきりだ。ひとりきりで生きてきたとまではいわないが、そうだったようにもおもう。しかしいっぽうで、ひとりきりで生きてきたと言い切れないのは、やっぱり演劇という存在がまるでだれかひとりの人間のような、それくらいの存在感でつねにわたしのとなりにいたからだろうともおもう。しかし演劇のことばかりだった。勉強もろくにせずに、わたしは一八歳になっていた。一八歳。演劇をやっていることを母に相談したかったりもした。しかし母はここにはいなくて、どこかにいるのだ。

中学を卒業する年。おもいだすことがある。あるひとから一通の手紙をもらったことがあった。そのひとは、三〇歳くらいだった。劇団での活動のなかで出会ったひとだった。噴火という出来事もあったし、劇団員以外のみなさんとミュージカルをつくろうという企画があったのだ。その企画の募集で集まったひとたちのなかのひとりが、そのひとだ。わたしはその舞台未経験者のみなさんに、あるシーンでの振りつけやアンサンブルを教えたり、かんがえたりする役割だった。彼は日中、クリーニング屋で働いているという。そのひとに、ある日。一通の手紙をもらった。稽古の帰り道。あの日は先生の車で帰らなかった。どうしてか、徒歩で帰ろうとしたのだとおもう。雪が降りしきる、真っ白な風景のなかで、わたしはかんがえごとをしていた。もちろん演劇のことだった。どういうふうな構成にしたら、うまくそれが伝わるかとかそういうことをマジになってかんがえてたのだとおもう。まあ、いつだってそれくらいしかかんがえることなんてないし。そうそう、それでうしろから声が聞こえてきたのだった。呼びとめるような、そんなかんじの。わたしは「ああ」って言って、振り返って。「どうしましたか」と聞いたのだった。わたしがコドモだから、ということもあって、こういうふうにオトナのほうから話しかけてくることなんて、ほとんどない。しかし彼はわたしになにかを伝えたいような、そんな矢印を。振り返ったそのときにも、感じた。

「どうしましたか」

「いいえ」

「ああ、なんか練習とかだいじょうぶですか」
「はい」
「そうですか」
「ありがとうございます」
「やー、いえいえ」

たしかそれくらいの会話だったとおもう。そして、なぜだかできてしまった空白が数秒間あったのちに、彼はコートのポケットから手紙を出して、わたしに渡した。あとそれと、もうひとつ。なにかとおもったら、ロケット鉛筆だった。ロケット鉛筆もわたしにくれた。そしてなにも言わずに立ち去った彼は、わたしと帰る方向がまったくおんなじはずなのに、ものすごい速さで。しかし、走ることはなく。とにかく立ち去った。なんだろう、どういうことだろう。手紙と、ロケット鉛筆。手紙を開けると、すべてひらがなで埋め尽くされていて、読みすすめると、わたしのことが好きだという。そういう内容だった。そう、彼は丘のうえの施設で生活をしている。見たかんじは、ふつうのオトナなのだけれど、話すにしても最低限のことをやりとりできるくらいのかんじなのだ。この町は気候がいいと言われている。夏は涼しいし、冬も他にくらべると雪がすくない。だからなのか、老人施設や障害者施設がおおい。劇団の役割としても、町のいろんなひとたちと交流しながら作品をつくるというのはめずらしいことではない。町のなかで、障害者のひとたちが歩いているのもふつうのことである。その様子を見て、ばかにする学校の子たちもいる。いろんなうわさもある。いじめもある。わたしはそういうひとつひとつを遠くから見つめることしかできないのだった。でもどうして、遠くから見つめることしかできないのか。それはたぶん、演劇をやっているから、という言いわけがわたしのなかで成立してしまっているからだとおもう。とても卑怯だとおもう。偽善でしかない。しかも、表現というものを、そういうことにつかってしまっているなんて、ほんとうに愚かだ。しかしたぶん、そうなのだ。わたしは演劇をやっているから。演劇を通して、障害を持つひとともかかわれているから。だから学校では、そういうひとたちをばかにするような子たちを。そしてうわさを。いじめを。無視することができる。わたしはほんとうにそういう人間なのだとおもう。演劇がじぶんのなかにあることで、それにすがって、甘えている。すべてひらがなで埋め尽くされている手紙。そのなかに、「ぼくはあたまがわるいから」という文章があった。ぼくはあたまがわるいから。そのあとにつづく文章はどんなだったのか、憶えていない。混乱してしまったのだった。彼は、三〇歳くらいのオトナである。ロケット鉛筆までくれた。クリーニング屋でいくらもらっているのだろう。おそらく彼は、じぶんの親のことを知らないとおもう。幼いころから、あの施設で生活しているらしい。そういう彼に、好きだと言われた。いや、ただしくは伝えられた。どれくらいの時間をかけて、この手紙を書いたのだろう。手紙を読みながら、雪道をふらふら歩いていった。あのとき、わたしのなかでおおきく揺らいだのは、なんだったのだろう。演劇のことでも、じぶんのことでもあるけれど、それだけじゃないような気がする。

＊＊＊＊＊＊

みさきちゃんは、線路に横になっていたのだという。もちろん田舎だから、なかなか列車はやってこない。しかし線路に横になって、列車を待っていた。そしてやがてやってきた列車に轢《ひ》かれて、死んでしまった。どういう気持ちで、いつかやってくる列車を待っていたのだろう。その列車は、貨物列車だったのか、どうなのか。だとしたら、みさきちゃんはどこへ運ばれていくのか。みさきちゃんになにがあったのだろう。なにがつらかったのだろう。いやもしかしたら、つらいとかそういうのもなかったのかもしれない。通りこした、どこか知らない場所に到達してしまったのか。みさきちゃんというか、ひとをそこまで追いやるものとはなんなのだろう。わたしにはわからなかった。想像したところで、それは本人にしかわからないのだった。本人にしかわからない、とはよく言うけれど。しかしでも、それだけでいいのだろうか。わからない、でいいのだろうか。わからない、で済ませていいのなら、なんだってそうなってしまう。けれどもたしかに、わたしたちにはわからない。わかりようのないことのほうが、じつはこの世界ではおおいのだ。わからないこんな世界で、みさきちゃんは死んでしまった。のぶこちゃんの口から、みさきちゃん、という名前を聞くまで、それまでわたしはみさきちゃんのことを忘れてしまっていたし。死んだから、おもいだしたみたいなのもほんとうに嫌だ。でも、そうなんだよなあ。そういうことがないかぎり、おもいださないひとなんて、たくさんいるんだよ。もはやこの年齢でさえもそうなのだから、このさき、年齢を重ねたのなら、もうどうなっていってしまうんだろう。出会うだけ出会って、ほとんどそのぶんだけ忘れていくのでしょうか。それって、とんでもないことじゃない？


「どうおもう？　のぶこちゃん」

「どうおもう、ってどうだろう」

「うーん、だからさあ。なにがあったってさあ」

「うん」

「忘れないでいられることなんて、ありえるとおもう？」

「おもわないよ。おもえないし」

「だよね。そうだよね。忘れるよね、どうせ」

「うん、どうせ忘れるとおもう」

「うん」

「忘れてしまうことのほうがおおいとおもう」

「うん」

「でも同時に、忘れないこともいくつかあるとおもうよ」


きょうものぶこちゃんは、神々しくみえる。高校生になって、のぶこちゃんはすこしあかぬけた。もうひげは生えていないし、私服もなんだかあたらしいかんじがする。ここは、駅舎だ。まだまだ午前中だけど、駅舎に射しこむひかりが、はっきりしている。


「おもいだすことをしなくたって、自然とおもいだされることってあるじゃん」

「あるね」

「あれは忘れていないとおもうんだよ」

「うん」

「おもいだすことをしないとおもいだせないことっていうのは」

「ああ、忘れているということだね」

「そうだね。だからさあ」

「うん」

「みさきちゃんのことは、じゃあどうだったのかなあ、とおもうよ」

「うん」

「あのことがないと、おもいださなかったのかなあ」

「うん」

「わたしは、そうじゃないような気がするんだ」

「どういう意味」

「あのことがあったから、あのときはみさきちゃんのことをおもいだしたよ」

「うん」

「たしかにそうだったよ、あのときは。けれど、あのときっていうのはさあ」

「はい」

「みさきちゃんのタイミングじゃん、みさきちゃんがそうしたタイミングでしょう」

「うんうん」

「あのことがなくても、いつかはみさきちゃんのこと。自然とおもいだしてたとおもうんだ」


　のぶこちゃん。そうだよね。いま、まさに自然とおもいだされるようだよ。みさきちゃんは、縄跳びがうまかった。みさきちゃんは、鉄棒が異様にうまかった。みさきちゃんが、汚してしまった椅子。みさきちゃんは、笑うと八重歯が印象的。みさきちゃんは、ちりとりが嫌い。みさきちゃんは、粘土が下手。みさきちゃんは、にわとりこわい。みさきちゃんは、焼却炉のところで空を見あげていた。なんかそういうみさきちゃんのいろんなことがいまになっておもいだされるよ、のぶこちゃん。

　もうじき列車がこの駅にやってくる。わたしがどういう状態であれ、世界はわたしとは関係なしに動きつづけている。わたしが眠っているときにだれかが起きている。わたしが起きているときにだれかが眠っている。この瞬間にだって、だれかがなにかを発見したりしている。または、なにかに絶望したりとか。じぶんではどうにもできないことで、溢れている。なにを祈ったって、届かないことのほうが圧倒的におおい。そう、いま、この瞬間にだって、だれかはわたしなんかよりもずっと深刻に悩んでいる、そして死のうとしているかもしれない。

わたしの家の近くの空き地には、もうつかわれなくなった汽車が置かれていた。空き地のどまんなかに、悠然と佇んでいる汽車。錆びているのだが、たしかな存在感の汽車。

わたしはあの汽車に乗って、こんな町。早く出ていきたかった。丘のうえに立って、高い煙突から立ちのぼる煙を眺めながら、あれとおんなじように漂って。こんな町。早く出ていきたかった。海より向こうには、ここにはないなにかがあるのだとおもう。わたしとおない年のひとたちは、海より向こうの世界で、わたしの何倍も、何十倍も、何百倍も、たくさんの演劇を観ているのだとおもう。たくさんの音楽を聴いて、いろんなお洋服を着て過ごしているのだろう。この町には、なんにもない。この町にいては、わたしはこのまま透明になってしまう。だから出ていくことにした。列車に乗って。汽車に乗って。ひらがなだけで書かれた手紙。眠りつづけている、父親。母が連れていってくれた、劇場。あの日のプール。しゃぼんのころ。ゆうくんの声変わり。のぶこちゃんのキーホルダー。ふくろうが死んでいた夜。降りそそぐ星。先生の車のなか。違和感。ありとあらゆる違和感。納得のいかなさ。言ったこと。言われたこと。ロケット鉛筆。というか、あのすみっこでこっちをじっと見つめている、猫がいる。あの猫。

「そろそろ、来るみたい」

「うん」

「わたし、行くね」

「うん」

「じゃあ、またいつかね」

　ここは無人駅。わたしは、列車に乗りこんで。送りに来てくれたのは、のぶこちゃんだけ。のぶこちゃんにしか、言わなかった。もうおそらく、のぶこちゃんに会うこともないような気がする。それと、わたし。この町には、よっぽどのことがないかぎり、帰ってこない。東京で演劇やるなんて、どうかしてる。でもどうしてか、わくわくしていた。どういう世界が広がっているのだろう。ほんとうにまいにち、観劇するのかな。ほんとうに東京のひとはみんな、ナイフ持ってるのかな。わたしの荷物はといえば、最低限のお洋服と、それと炊飯器だけ。列車は海岸に沿って走っていく。のぶこちゃんも、町も。いつのまにか見えなくなっていた。

10

　東京へ向かう電車のなかにて、いままでのこととこれからのことをごちゃまぜにしながら、ただただ車窓のそとを見つめていた。しかしこれからのこと、といってもそれはひたすら曖昧なものでしかない。東京の夜、そのあとに訪れる朝も、とにかくきれいなものなんてなくて。きたない、きたなすぎるのだと想像していた。夜空はもちろん、朝日なんかはとうぜん、見えることはないだろう。ビルがそびえたっているとか、そういう問題ではない。夜空はきっと、地上の灯りが眩しすぎて。朝日はきっと、排気ガスが強すぎて。視界の隅から隅まで、灰色なのだろう。灰

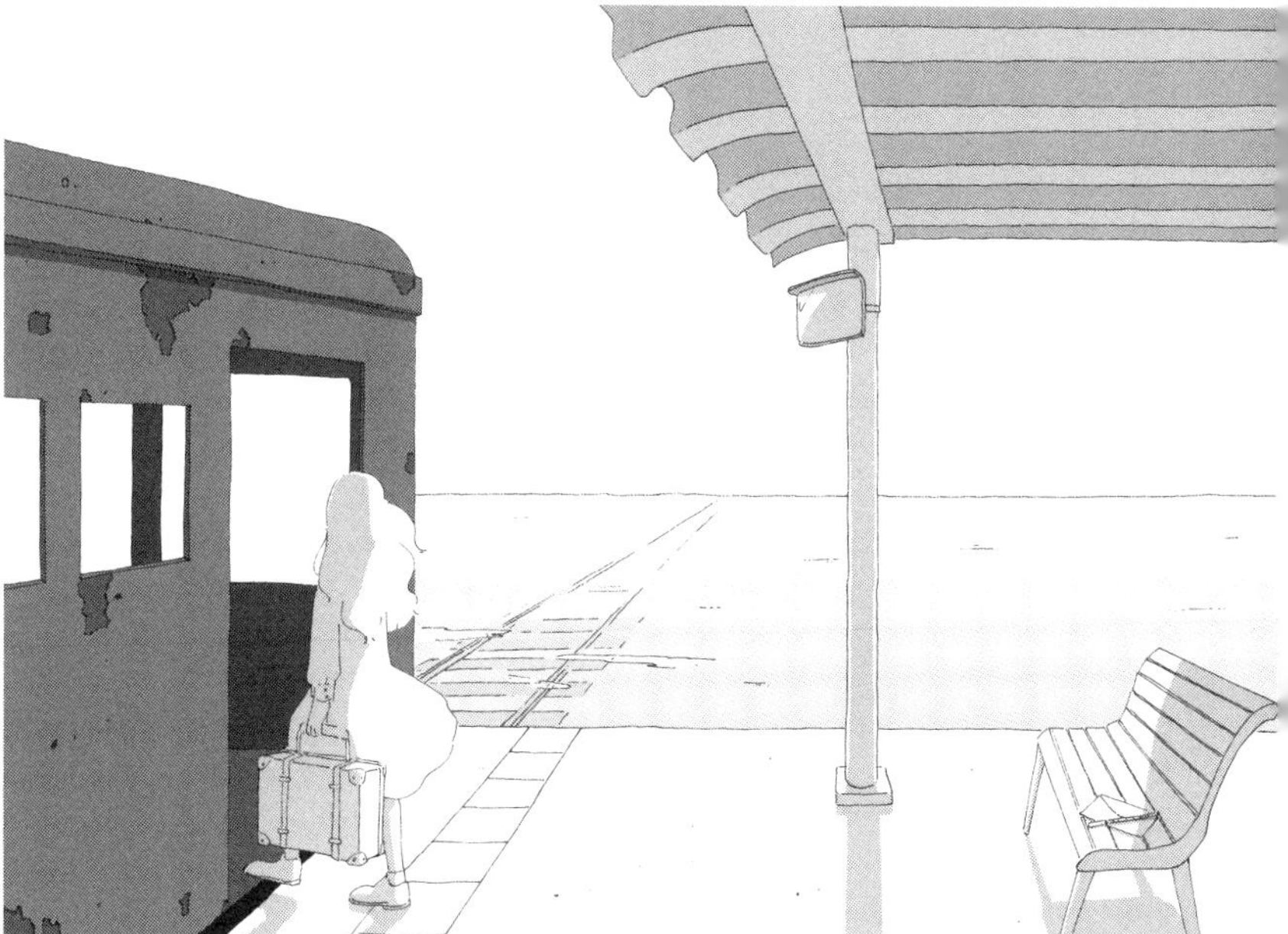

色の世界。それにはすこし憧れる。一八年間、これでもかというくらい、いや、というか、目にはいっていても、もはや意識すらしていなかった緑たちのことを、わたしはなつかしいとか、おもう日が来るのだろうか。うっすら気がついていた。おそらくじぶんは、自然とそこにあって尊いとおもわれるものよりも、人工的につくられて、ときにはひとに蔑まれたり、けれどもいつの日かそれに価値があると気づいてもらえたりするもののほうが、かっこいいというか、そういうもののなかにじぶんはいたい、ということを。直感として、気がついていたのだった。そういうじぶんの気質のようなものを鑑みたときに、じぶんというのはもしかしたら一八年間過ごしてきた、過ごしてきてしまった、あの町というのは、じぶんにふさわしかったのかどうか。わたしにはわからなかった。わかっているはずのことも、わからなかった。もしかしたらわからないふりをしているだけかもしれないのも含めて、わからなかった。わからないとしたい理由ははっきりしていた。あの町でのことしか知らない。それだけだ。とてもシンプルなはなしである。あの町でのこと。そしてあの町で観てきた演劇のことしか知らなかった。なので、こわかったのだった。だって、じぶんがあの町でのことしか知らないように、じぶんとおない年の、東京で生まれ育ったひとたちは、東京でのことしか知らないのだろう。東京でのことしか知らない、って。相当なことだな、とおもう。東京の一八歳たちは、学校をさぼって日中、演劇を観にいくこともできるのだろう。東京では平日の昼間にも、演劇が上演されているらしい。しかも劇場はひとつだけじゃなくて、無数にあるらしい。東京って、二三区あって、それ以外もあるらしいから、最低でも二五個とかそれくらい劇場があるのだとおもう。そのひとつひとつの劇場が、年間の稼働率が一

○○パーセント以上と聞くから、っていうか一○○パーセント以上ってなんなんだ。同時にいくつもの作品が公演されていたりとか、そういうことなのだろうか。そして、平日の昼間にも上演しているらしいし、それだって集客できるわけだ。わたしのこれまでの常識からいうと、平日の昼間に観劇に行けるひとたちとは、学校をさぼったひとだ。わたしの町では、平日の昼間はみんな仕事をしている。牛に餌をやったり、海のうえで漁をしていたり、そんなかんじだ。平日の昼間に町のなかをうろうろしているオトナは、たぶん捕まえられる。みんな、この常識のなかで生きている。だから、不思議なことでしかなかった。しかしわくわくもしていた。カバンのなかには、先生に買ってもらったシアターガイドと演劇ぶっくがはいっていた。そのなかで目にするたくさんの劇場のタイムスケジュールを暗記するくらい熟読するのが、わたしのもはや趣味だった。そう、けれども趣味でしかなかったのがかなしかった。暗記するのがタイムスケジュールの本来の役割ではない。このタイムスケジュールに基づいて観劇に行かないと。タイムスケジュールの本来のつかいかたをしたことにはならないだろう。やっと。やっとだ。やっと、観劇ができる。信じられないペースで（しかしこれがふつうなのかもしれない）、昼も夜も観劇できる。じぶんは遅かった。もはや、遅かった。東京の同年代のひとたちにくらべて、わたしは圧倒的に、演劇を観ていない。観ていないどころか、知らない。というレベルなのかもしれない。何年、観劇をがんばったりとかそういう努力をすれば、たぶん物心ついたころから週に七回とかそれ以上。そういうペースで観劇をしている東京のひとたちに追いつくのだろうか。途方に暮れてしまう。そういう意味でも、なんだろう。どうして、じぶんはあの町にいたのだろう。それはたいへんなコンプレックスだったし、でもどうしてもそれはもう、変えることのできない過去だった。過去を背負って、東京に出ていくしかない。東京についたら、まっさきにサングラスを買おうときめていた。動揺している目をだれにも見られたくなかった。友だちみたいなものも、つくらないようにしようとおもっていた。飲み会に参加したとしても、利害関係のみを意識しようとこころにきめていた。つかえるやつとしか関わらない。つかえるやつも、いつかはつかえなくなるだろう。つかえなくなったら、容赦なく捨てよう。じぶんさえ成立すればいいのだ。どうせ、そういう町だ。冷徹にいこう。演劇だってそうらしいじゃないか。つめたい現代を描いているのが、現代演劇と呼ばれているものだろう。シアターガイドにも演劇ぶっくにも、そう書いていた。つめたい現代。つめたい現代か。馬や牛や牧草に囲まれながら、小中高と登校していたわたしには、わかるようでわからなかった。とりあえず、全員がナイフを持っていることだけはわかっていた。だから修学旅行のときに買った木刀だけは、借りたアパートに送っておいた。つめたい現代へ向かっているのだ、電車は。だまし、だまされるのが東京だ。歌をうたったりしない演劇があるらしいのが、東京だ。わくわくしていた。こう言われたら、なんて言い返してやろうか。ああ言われたら、なんて言ってやろうか。あたまのなかでのシミュレーションが止まらなかった。

*****

東京駅に降りたった。自衛隊みたいなひとたちが、テロを警戒しているとかそういうかんじで、駅構内にかなりの人数が、まさに出動してきたかんじで立っていたけれど、なかにはわたしくらいの歳のひともいるかもしれなかった。一八歳。二〇〇四年だった。春でしかない、春だった。だれにも、電話とかしたくなかった。内側のほうで鳴りひびくじぶんの声だけを、いつまでも聞いていたかった。

＊＊＊＊＊

「はあ——こんなはずじゃなかったよなあ」

「どんなはずだとおもってたの？」

「うーん、イメージしてたのはもっと、なんていうか——」

「たいしてイメージしてなかったんじゃない？」

「これがリアルなんだとしたら、どうなんだよ、東京」

「一〇〇円の焼きそばを三日間かけて食べながら、こういうはなしやめない？」

「まあね。ただ、とにかくぬるいんだよ。ぬるすぎる。もっと忙しいはずだった」

「時間がありすぎる？」

「ありすぎる。時間を持て余しすぎてる。時間が足りない、とかおもいたい」

「いくらあっても足りないのが時間らしいけど、そんなの信じれないよね」

「時間ありすぎるから、時間をだれかに売りたいよね」

「売れないよ、わたしたちの時間なんて」

「あ、かけるチーズある？　焼きそばにかけたい」

「あるよ、かけるチーズ」

「なんで、かけるチーズはあるんだよ。かけるチーズって意外と高いじゃん」

「かけるチーズだけ、実家から送られてきたんだよ」

「どんな仕送りだよ」

「自転車もパクられたし、どんどん大学が遠ざかるなあ」

「行きたくないね、いまごろ何限だ？」

「もう、知らん。なんなの、コンテンポラリーダンスって」

「あの、角でシュッて腕あげるみたいな動き――生理的に無理なんだよな」

「あ！　それ、あるよね！　なんで角でなんか独特な動きしちゃうんだろう」

「居ても立っても居られないのかな」

「ダンス、かっこいいみたいに――わたし、ならないんだよな」

「うーん、わたしはすこし憧れる」

「ただ、演劇なんて――もっと、ぜんぜん、ダサいか」

石だたみの路地を歩いている。まるで、たったいま初めて聞いたような音の、まっただなかを。聞きなれない言語が飛び交う、そのひとびとをかきわけて、どこへ向かっているのかというと、劇場だった。この町にもやはり、劇場はあった。旧駅舎を改装してつくられた劇場らしい。生まれ育ったちいさな町にも、劇場があった。町のおおきさに似つかわしくない、おおきな劇場。どんな町にも劇場という建物はあるのだろうか。いや、劇場がない町だってあるとおもう。けれども、じゃあ劇場がない町に住むひとびとは、どうやってその空白を埋めあわせているのだろう。そういえば、泊まっている宿の近くの、それなりに面積のある広場に、移動式の遊園地が設置されてあった。奥のほうには巨大なテントが建てられていたから、あのなかではサーカスが行われているのだろう。たとえば、サーカス。劇場がない町に住むひとびとは、年にいちどだけ町へやってくるサーカスをたのしみに待っているのだろうか。すこし足を延ばせば、劇場があるような町に住んでいたとしても、かならずしもそのひとたちはいつも演劇を観るというわけではないだろう。なにごともそうだけれど、あればいいというわけではない。たまに観るから、いい。という感覚だってあるはずだ。劇場がなくても、ひとびとはなにかしら、日常では起こらないようなその世界を探していたりする。現実から切り離されたらその世界では、なにを妄想したっていい。もしくは、現実感のあるうその世界は、よりスリリングかもしれない。現実かもしれないとおもわせるような演出って、ひとびとに好かれやすそう。けれども、それだって演出に過ぎないのだ。サーカスのピエロが空中ブランコから落下してしまっても、しばらくはそれが演出かもしれない、とひとびとは期待しているかもしれない。じつはほんとうに死んでしまっていたとしてもも、あのメイクだし。観客は、現実に戻ってきにくい空間ができあがっているだろうし。うそに期待されたり、興奮されたりするのは、つくり手や演者にとっては本望かもしれないが、たまにおそろしくなったりしないだろうか。いや、するよな。ふつうに。現に、いま、じぶんはそれがひたすらにこわい。日本ではない、この土地で。じぶんの作品を上演するというのは、またぜんぜん違う現実感と虚構感のなかを彷徨《さまよ》うことになる。ぼくはごちゃごちゃとかんがえていた。劇場までの路地にて。ここは水の町と呼ばれるくらい、気候がいいのは数日間過ごしただけでわかりすぎるくらい、わかった。おおきな河が流れている。それに渡された巨大な橋のうえには、色あざやかな露店。春だった。ほどよい湿度と、あかるい町。

＊＊＊＊＊

雑踏を抜けて、旧駅舎の劇場のまえにて。再演という言葉についてかんがえている。再演というのは演劇ならではの言葉だろう。映画を再上映するとはあまり言わない。いや、再上映するのだとしてもそれはふたたび、ただ上映するだけのことなので再上映するとは言わない。そもそも映画というのはそのままのかたちで再生することができるのだから。公開当時の、もしくは撮影時の空気感のようなものがフィルムのなかに吹きこまれていて、いつだっておんなじふうに再生することができる。作品として世に出てしまった映画というのは基本的にはその時間のなかで止まってしまっている。映画のなかで演技をしているひとたちはそこまでの時間のことしか知らない。けれども映画のそとの、つまり現在《いま》という時代を生きているわたしたちは映画のあとの時間を知っている。映画にはもうこの世にはいないひとが、すなわち死者があたかもまだ生きているかのような表情をして、出演することができる。映画のあとの時代を生きるわたしたちは、もちろん死者と会うことはできない。映画のなかのように、語らうこともできない。じゃあなぜ演劇は再演するのか。または再演なのか。初演があった演目をふたたび上演することを再演という。しかし再演とは、それだけのことを言うのだろうか。公演期間中、演劇は毎日、再演を繰り返しているのではないだろうか。映画のように厳密に、きのうとおんなじように再生することができないのが演劇だ。いつも微妙に違ってきてしまう。それが演劇特有のライブ感だとか、そういうふうにはかんがえたくない。違ってきてしまうのは、演劇の拙《つたな》さだ。再生する緻密さにおいて、演劇は映画よりもだいぶ拙い。その拙さをたのしむ観客もいるかもしれないけれど、たのしんでいるのはそれだけだろうか。おそらくまだ演劇に興奮する観客がいたのだとして、なにに興奮しているかというと、同時代性なのだとおもう。観客も俳優も現在《いま》という時代に生きている。劇場に集まるひとびとは現在、世界で起こっていることを知っている。これまでどういうことがあって、この時間まで人類がどうやって歩んできたのかも、知ろうとおもえば知れるから、劇場にいるひとびとはそういういろんなことを共有できているに違いない。演劇には、死者は出演できない。いや、死者の存在を感じさせることはできたとしても、実際には出演できないだろう。現在《いま》という時代にしか上演できない演劇は、じゃあなぜ再演するのだろうか。かんがえていた。そういえば、ぼくにはわかることとわからないことがはっきりとあった。わかることというのは、演劇、もしくは映画のなかにおいての死だ。そこで扱われる死とは、うつくしかったりもする。しかしそもそも死に、うつくしいとかあるのだろうか。という次元のはなしも演目のなかではできてしまうかもしれない。では、わからないこと。というのは、現実世界での死についてだった。いくつかの死を、ぼくは経験したことがある。それらについても表現にしてみないと、ぼくにはわからないのだった。そして特にわからないのは、じぶんの死についてだった。つまり、ぼくは現実世界を生きていくことに実感がない。生に、実感がないのだ。実感がないどころか、興味もないかもしれなかった。じぶんは、じぶんのつくったもののなかでしか、生きていない。そして演目のなかで生きているような気がしているだけで、演目というのはやはり現実ではないわけだから、つまり生きているような気がしていても、やはりそれだって生きていないのだ。ということに気がついてからは、現実世界での生にあまり興味がなくなってしまった。いつ死んだって、べつになんにも変わらないような気がしている。空間が、じぶんにつきまとっている。あの日、眠ったきり起きあがらない彼女は、あの空間にいるままである。けれども、そこから離れて、いま海外にいるじぶんもやはり、どこにいたって空間のなかにいるのだった。空間には、ひかりがあって。もしくは、あかりがあった。そして暗闇から像を浮かびあがらせるわけだけれど。その像を成したものを目のあたりにするとき、いつもおもうのだった。ああ、この時間もやがて、消え去ってしまうのだ。消え去ってしまう瞬間。生きていたように動いていたものたちは、たちまち現実に殺されてしまう。いや、現実の姿に戻ってしまうのだった。そのときのぽっかり空いてしまったような気持ちは、もう死んでしまったにひとしいのだ。じぶんの言葉は、いや、じぶんは。うそに宿らない。うそ、というのはすなわち、役者。もしくは、俳優。または、演者。どれもしっくりこないのだけれど、そう呼ばれるひとたちのことかもしれない。そのひとたちのことをじぶんのかけらか、もっと言うとじぶん自身だとおもっていた。だから、じぶん自身だとおもっているその存在たちが、現実世界に戻ってきた瞬間に殺されたような表情をするのが、とてもかなしかった。あたかも、じぶんが殺されてしまったような気がするから。再演をするたんびに。その回数だけ、死んでしまう。だから、だれになんと言われようが、現実世界で死ぬことなんて、なんともおもっていなかった。こわくもないかもしれない。どうせ、現実世界でほんとうの言葉をつかえたことなんていちどもない。じぶんがつくりあげた世界のなかでだったら、やっと言葉を話すことができる。しかもじぶんの声で、ではない。かけらたちが、舞台上で。じぶんの言葉を声にしてくれる。その時間の最中にしか、じぶんの身体も声も。実感することができない。

12

じぶんのことはやっぱりあんまり、というかまるっきりわからないなあ、と感じていた。春も過ぎて、夏が始まるころ。ひとのことがわからない以上に、じぶんのことというのは、まったくと悩ましいのは、いまはまだ一八だけれど（けれども一八までこうして重ねてきてしまった）、重ねていけばいくほど、この悩ましさというのは、エスカレートしていく一方なのだろうか。ひとのことがわからない、だなんていうのはもうだいたい、大袈裟に言うとおそらく生まれて間もなくらいのタイミングで知ったことだろうとおもう。ひとというのは、きのうおもっていたように生きられない。きょうという日をきのうとは違うふうに生きてしまうのが、ひとなのだ。そんなことは、いつのまにかあたりまえのように（おそらく生まれて間もなくくらいに）知ったことだ。しかしそれよりもなによりも、じぶんってなんなのだ。が増しに増しているのを感じてこわいのだ。あいかわらず、そう。ひとよりもじぶんのことばかり。たとえば、渋谷に行けば一分もしないうちに、わたしが育った町の人口とおんなじ数のひとびととすれ違うことができてしまう。そのときのじぶんの、表立ってはいないのかもしれないけれど内側では確実に荒立っている「なにか」がわからない。どうしてこんなに苛《いら》つくのだろう。あの町にいたころも、すれ違う同年代だとおもわれるひとたちとは、いま見ただろ、なんだその目つきは、ってことで揉めたりとかはふつうにしていたというか、それはもう挨拶みたいなものだった。その瞬間のスリルのような感触はさいしょのうちだけだったし、なのでだれとすれ違ったって、ほんとうのところ、なんともおもっていなくて。おもっていたのはじぶんという存在をなんとなく外側に示しておきたいとか、そういうどうしようもない、もしかするとすこし派手な服を着るような、それに近いかんじだったのだとおもう。だれかを睨んだりとかは、だからよくはないというか、ダサいこともわかっている。しかしそれとはぜんぜん、感覚自体が違うのだ、この町に来てからは。だれかと、しかもたくさんのだれかと短時間ですれ違うということ。それに伴って、「なにか」が荒立って、苛ついている。すこしだけ理由はわかっているような気もする。明らかなことはひとつだけある。あの町から、この町へ越してきたわたしは、ひとりだということ。あの町にいたころのわたしも、わたしはひとりだ、とか言うかもしれない。いや、言っていたとおもう。けれども、ひとりのかんじが違う。というか、ひとりではなかったのかもしれない。すくなくとも、無視はされなかったようにおもう。いじめたり、いじめられたりも、いまとなっては関わりあいとしてはそれでよかったのかもしれない。無視していない、されていないということだから。けれども、あの町ではない、この町では、一瞬で何万人ものひとびととすれ違うのに。口のない幽霊やゾンビとすれ違っているわけではないはずだから、それはぜったいに、身体のあるひとびととすれ違っているというのに。けれども、ひとりだとおもってしまうのはどうしてなのだろう。だれもわたしのことなんか見ていないし、もちろん聞いてもいない。声を発していないので、聞いていないのはそりゃそうなんだけど。わたしが見えているひとは、わたしが聞こえているひとは、いるのか？わたしがたとえば、だれかを睨んだとしても、突っかかったとしても。そのひとはわたしと関わらないだろう。あの町とこの町は違う。そして、こんなことをかんがえていけばいくほど、じぶんだけに。ひとりぼっちのじぶんだけに返ってくるのだった。じぶんとはなんなのだろう。じぶんのことほどわからないことはない。じぶんはいったいどうしたいのだろう。それは将来とか未来とかいう言葉で片づくはなしではない。満たされていないことだけはたしかだった。どうしたら満たされるのか知りたかったけど、知れるはずもなかった。知ることが正解というわけでもなさそうだし。

アパートに帰る道の途中に、おおきめの公園があって、そこは夜中の一二時をまわると灯りがすべて消える。だれとも、なににも溶けこめずにいて、つまりほとんど透明なわたしは、真夜中の、しかも真っ暗闇の公園のベンチに座って過ごすようになっていた。わたし以外にもひとがいることはなんとなくわかった。目が慣れてくると青白く、あたりが見えてくる。そのなかをゆっくりと歩いているひとが、たまに見える。ふたりでいるひとは、手と手をつないでいたりするのかもしれない。そういうフォルムで、真夜中を、しかも真っ暗闇を行くひとびとをわたしは見たり見なかったりして。なんとなく過ごしていた。不思議とだれも、なにも会話をしていない様子が心地よかった。ここの、この時間帯は、とても静かなようにおもうのだ。アパートの部屋にいるほうが、なにやら「なにか」が騒がしいような気がして。ほんとうなら、ここで寝てしまいたいくらい。そんな、おおきめの公園。一二時をまわっても、いよいよ気温がそんなにさがらないかんじだ。春も過ぎて、夏が始まるころ。初めての夏を味わうことになることが、若干こわかったりもした。この時点で、春まで過ごしていたあの町の夏のどこを切りとったって、いまくらいの気温には及ばない。ここから夏のまんなかへ向けて、どれほど気温は高まっていくのだろう。できるなら、こっちの夏も悪くないとおもいたい。あの町の夏なんて、夏ではなかったとおもいたい。気温もそうだけれど、湿度はだいじょうぶだろうか。この逃げ場のない、肌という肌にまとわりつくようなかんじというのは、気温だけが織りなしているのではないことは、わたしにだってわかる。湿度がなんだか違う。鼻と耳が、異様に熱くなっているのを感じる。たまに吹く風のにおいも、嗅いだことのないような。けれどもたしかに、夏っぽいかんじ。しかしその夏っぽさというのも、この夏、初めて味わうことになるのだ。それ自体はたのしみだけれど、わたしは夏にどうやって、なにを食べて、なにを着て。なにを聞くのだろうと。まったく見当がつかなかった。つくわけがないのだった。

ベンチに座っていたわたしはこの夜、ひとりではなかった。となりに座っていたのは、こっちに出てきた四月に出会った、おない年の男子。名前は、りょうすけくんという。りょうすけくんは静岡出身。こないだいっしょに、ふたりでマクドナルドへ行った。わたしにとってはマクドナルドへ行ったのもそれが初めてで、そのことはりょうすけくんには黙っていた。りょうすけくんはマクドナルドのことをマックと言っていた。わたしはマックと発音したことがなかったので、なんだか恥ずかしく、とうとうマクドナルドにいる最中、いちどもマックと発語しなかった。わたしは針に弱い。尖端恐怖症というのかもしれないくらい、シャープペンの芯を指で戻せないくらい、針というか尖《とが》ったものを見るのがつらい。一年生なので、健康診断をするということで、血を抜かれたのだけれど、そのときも案の定、その会場を出たところの植木あたりでふらふらと倒れてしまった。そのとき助けてくれたのが、りょうすけくん。わたしはこっちのひとたちになめられたくないから、おおきめのサングラスをかけていた。植木に引っかかっているところを、りょうすけくんに発見されて助けられた。なにしろ、学校をすこし歩いているだけで、わたしが育った町の人口とおんなじ数のひとびととすれ違うことができてしまうような気がしていた（どんな人数も「わたしが育った町の人口」と比較してかんがえてしまう）。ひとに酔うとはよく言うけれど、その感覚自体が田舎者だからなのだろうか。同世代の、おない年の、こっちで生まれ育ったひとたちというのは、ひとに酔ったりとかはしないはず。針におびえて、ひとに酔わされ、植木に引っかかっている姿なんて。ほんとうに恥ずかしいところを、りょうすけくんは助けてくれた。そして偶然、学部も学科もいっしょだったのだった。それからりょうすけくんとは、仲よくしている。特に話すことはあんまりないのだけれど、いっしょにいてもふつうにいれるというか、なんともないかんじで、それがよかった。ベンチにふたりで座っている。数分間、なにも喋らず。わたしは暗闇のなか、目が慣れるのを感じながら、遠くを見つめていた。


「さやかちゃんはさあ」

「うん」

「ふだんは、どういう音楽とか聴いてるの」

「え、なにそれ、本気で言ってんの」

「や、べつに答えなくてもいいけど」

「ああ」

「ないならないでいいし」

「や、あるけどさあ」

「うん」

「え、りょうすけくんは」

「おれはねえ、え。どうだろうなあ」

「なに」

「え、くるりって知ってる?」

「くるり。知らない、なにそれ。ひとの名前?」

「や、バンドなんだけど」

「へえ。聴いてみるわ、貸して?」

「いいよ、おれが持ってるの、サントラだけどね」

「サウンドトラック。へえ」

「あとは、アジカンかな」

「アジカン。なにそれ。それもバンド?」

「アジアンカンフージェネレーション」

「なんかすごいのきたね」

「好きなんだよね、アジカン」

「へえ。なんかいいじゃん」

「え、で、さやかちゃんは」

「わたし、わたしは、ソニックユースかなあ」

「ソニックユース」


りょうすけくんは高校のとき、剣道部だったらしい。だから演劇とかは未経験だ。演劇コースのわたしたちはだから、授業中におたがいの演技を見ることになる。りょうすけくんはとてつもなく下手くそでびっくりするくらいだった。方言が抜けていないし抜けそうにもないのもあいまって、見ていられないとはこのことか、というくらい。ひとまえでじぶんの出自のはなしをしなくてはいけない場面って演劇の授業では往々にしてあるのだけれど、りょうすけくんは海辺で育ったらしくて、すぐ海を武器にする。海のはなしをする様子もわたしには見ていられない。剣道部だったりょうすけくん。眉毛は針金くらい細いし、茶髪である。原付バイクに乗っている。演劇を始めようとしたきっかけは、高校のときに観た映画がきっかけらしい。ジョゼとなんちゃら、っていうやつ。だからサントラが云々って言っているのかもしれない。わたしはもう小学生から演劇をやっているので、正直、演劇という点においてはりょうすけくんを完璧にばかにしていた。映画がきっかけで演劇コースとかってなめんなよ、ってかんじである。映画と演劇なんて根本のところからちげーからな、と。ほんとうは言いたい。けれども、助けてくれたりとかは助かったし、恩人でもあるからまだ言わない。好きな映画、小説。みんな共有したがるし、こっちに来てからやたらとそういう類の質問を浴びせられてきたけれど、わたしはそれがじぶんのプロフィールになってしまうようなのが嫌だったので、曖昧にごまかしてきた。けれども、りょうすけくんはだれにたいしても堂々とじぶんが好きなもの、じぶんのきっかけになったものを、相手に伝えてしまうような、ばかなのか、いいやつなのか、よくわからないけれど、そういうひとだ。

「ソニックユース。ソニックユースばっか聴いてるなあ」

「なにそれ。洋楽？　今度聴かせてよ」

「いいよ、ぜんぶあるよ。アルバム」

いちばんおしゃれな回答をしたいとわたしは常日頃おもっている。とにかくこっちのひとたちにばかにされたくない。悪いんだけど、関わるひとも選んでいきたい。けれどもりょうすけくんは、ソニックユース知らないみたい。というか、りょうすけくんもこっちのひとじゃないし。ボルコムのTシャツ着てるし。なんか地元にいそうなかんじなのも、いっしょにいやすい理由のひとつなのかもしれない。サングラスをかけて、そういう一枚の隔たりをつくらないと、学校へも行けないわたしがりょうすけくんのまえではサングラスを外している。夜だということも、あるけれど。


「それにしても、さやかちゃんさあ」

「うん」

「こっちに出てきてから、自転車何台盗んだ?」

「盗んでないよ、借りてるんだよ」

「や、違くない?」

「だって、元ある場所に戻してるもん、まいにち」

「あ、そう」

「傘とおなじだよ」

傘なんて、ほとんど差したことなんてなかった。あの町にいたときは。雨が降ると、だいたいのひとは車で移動していた。雪が降っても、凍った雪で濡れることはないから、だれも傘は差さない。というか、コンビニだって、こんなにあるはずがなかった。コンビニのまえに傘立てがあって、そこにはビニール傘が何本もささっている光景を、あの町にいたときは見たこともなかった。ほんとうに盗まれたくない自転車は、バイクにかけるような頑丈な鍵をかけるのがルールだった。それ以外は貸し借りオッケーだと見なしていた。この町の自転車は無防備すぎる。


「うーん、でも。おれたちさあ」

「うん」

「東京にいるんだね、信じられないけど」

「だね」


どんなセリフだよ、とおもう。なんだよ、それ。りょうすけくんはいろんなこと、わたしよりもずっと透きとおって見えているのかもしれない。地元と東京を、彼はあたまのなかでうまく行き来しているようなかんじがする。わたしはといえば、あの町での時間から早く逃れて、こっちで生まれ育ったくらいの顔をして、この町を歩いてみたい。季節だってそうだ。こっちの夏は暑い、とかはほんとうに言いたくない。いくら暑くたって、平然としていたい。

「わたしさあ、でも。なんで東京に出てきたか、っていうと、それは演劇のためだけに出てきたのかなあ、ともおもうんだよね、さいきん。東京に出てこなきゃ、って気持ちはもちろん強かったし。それは演劇だけが理由ではないとおもうんだけど。でもさあ、出てきておもうんだよね。出てきたのにさあ、あいかわらずひとのチャリの鍵開けてたりさあ。音楽の趣味とかもそうなんだけど。いつか東京に影響受けることとかあるのかなあ。いまのところ、まったくないというか。どこにいたって、けっきょくなんにも変わらないかんじもするんだよね」

「でもすごいひとたちとかいっぱいいいそうじゃん。出てこないと出会えなかったひととかいっぱいいいるでしょ、もはや」

りょうすけくんはそう言うけれど、果たしてそうなのだろうか。あの町で演劇やってたほうが、わたし演劇やっていたような気がする。早起きして、朝練して。放課後は部活のあと、先生の車で劇場へ向かって。夜遅くまで演劇して。大学生ってなんなんだろう。飲み会とかそういうのも、とてもだるい。わたしよりも演劇のこと知らないような先輩みたいなかんじを出してくるひとたちもたくさんいるのだけれど、全員だるい。飲み会が必要だとか言ってるやつとかは、演劇やめて飲み屋でもやれよ、とおもう。でもまあ、りょうすけくんはうまくやれそうだよな、どんなひととも。わたしは、どうだろう。わたしはわたしのことがいちばんわからない。ため息。そして、視線のさきには人影。いよいよ、夏が訪れるのだろうか。

13

アルバイト先はカラオケ店だった。なによりも、とても簡単そうだとおもったし。しかもかなりちいさなカラオケ店なので、ぜったいに暇に違いない、ということで始めてみたのだけれど、それはおおきな間違いだった。いまおもえば。

たしかに平日の夜はなんにもない、そうとにかくなんにもない時間を過ごしたこともあった。ただなにもせずに時間を消費するというのはこういうことなのだな、しかもここにいるだけでお金というものは稼げてしまうのだな、けれども時間というのは本来、どういうもので、そしてどうやって過ごすものだったのだっけ。忘れてしまうくらい。こんなところで、こんなふうに過ごす時間は、果たしてわたしの時間なのだろうか。しかしお金を稼がなければ本も読めないし、そしてなによりも観劇にだって行けない。観劇。上京したらいつだって観劇ができると喜んでいたころが懐かしくおもえてしまうくらい、いまはなんだか観劇するのがくるしい。でも観劇をしないと、していかないと上京してきた意味のひとつが消えてしまうような気がして、そのほうがこわかった。というか、おない年の演劇を目指しているみんなと、もちろんおんなじものを、そしておんなじくらい、いやそれ以上に観劇しなければ。それで観劇したあとに、わたしはそれをこう観た、と発言するときもなるべくみんなとは違う角度を持っていることを、しかもそれとなくアピールしなくては。わたしなんていう田舎出身の、一〇代のころなんかほとんど観劇なんかしたことがない(部類にはいるだろう)人間は、ここ東京にて、すぐに埋もれてしまうだろう。知ったかぶりはしたくない。そんなのはすぐにバレてしまうだろうし。知ったかぶりというのはとにかくよくない。現場で目撃したことだけが、そのあとだれかと話すきっかけになる。らしいよ、とか。想像するに、とかいう頼りない言葉はここでは通用するわけがない(つまりは一八までのあの町ではそれが通用していた。みんな観ていない/見ていない「なにか」をおもって、空想していた)。だからとにかく観るしかない。つまらなくても、観て、知っていかなくては。この世界のこと。わたしがどうしたって、見ることのできなかった世界が、東京には広がっている。だからなんだっていいから、お金がほしい。そのためにはお金が必要だった。観劇をする、していくというのはとてもたいへんである。チケットが、高価だ。映画は学割もあるし、だいぶ安い。しかも、映画のほうがなんか見応えがあるようなかんじなのに、だ。演劇は、安くても映画よりは高い。そりゃそうだ、その場で演じてくれるのだから、ということをいつかなにかの授業で先生が言っていたとおもうんだけど、でもそれだけだと納得できなかった。なんで演劇が映画よりも高いのだろう。ぜんぜんわからなかった。なんにせよ、お金というものはどんどんなくなっていく(お金だけではない。つまり時間もだ。観劇している時間はもちろん、公演をしているその劇場まで足を運ぶ時間もある。その時間をアルバイトに当てることだってできるのだから、払っているお金は果たしてチケット料金だけなのだろうか、ともかんがえる。そしてなによりも観劇をする/していくという行為において、もっとも残酷なのは、九割以上の演劇が「面白くない」というところだとおもう。さいしょはこれが東京の、しかも最新の演劇? なのかと観ていたが、そうではないらしい。やはり演劇の大半は、ただただ「面白くない」らしい。えっと、「面白くない」ものがこの世界にあっていいのだろうか。あってしまってはいけないとおもうのだ。しかし当人たちはなんとなく「面白くない」ものを面白そうにやっているのだろうから、集客をするということができるのだとおもう。しかし「面白くない」。なにに理由があるかは知らないが、とにかく「面白くない」ものがおおい。じゃあ「面白くない」のは、なんでかというと。覚悟がないんだとおもう。二〇歳くらいのわたしがそうおもうのだから、よっぽど覚悟がないんだとおもう。こんな「面白くない」演目を上演したあとも打ち上げをしてはしゃぐのだろう。なので、いったいなににわたしはお金を払っているのだろう&時間を費やしているのだろう。いちおう、わたしは、わたしなりの真剣さを持って、演劇、ただそれだけを目指して上京してきた。そんなわたしは生活のためというよりも、観劇をする／していくためだけにアルバイトをしている。そんなわたしの、すこしずつ溜まったお金はどんどん「面白くない」上演の、どこへ消えていくかわからない行き先へ、消えていく)。まあ、ということも含めて、わたしの現状をひと知れず、だれもいない店内で、レジの影に隠れながら、ぐるぐるとかんがえる暇があったのは、平日のことだった。金曜日から土曜日の二日間。カラオケ店は、地獄と化した。それは新人だったころのわたしから見ても、一目瞭然だったとおもう。カラオケという場所に訪れるひとたちというのは、お酒をだいぶ飲んでやってくる。そしてだいたいのひとたちは暴れたくてしょうがない。歌っているというか、叫びながら暴れている。飲み放題なので、そんな部屋へドリンクを運びに行く。酔っぱらっていると、じぶんがなにを言っているのかわからなくなるのかもしれないが、こころない、いやそれ以上のことをたくさん言われたりもした。ときには、ドリンクを運びに部屋へ行くと、そこには男たちしかいなくて、扉をなかなか開けてくれなかったりとか、そういう危ないおもいもした。ふざけているつもりなのかもしれないけれど、ぜんぜん「面白くない」。めちゃくちゃこわかった。そう「面白くない」は、もはやこわい。どうしてそれが面白いとおもっているのか、ズレているのがとにかくこわい。初対面のわたしの、容姿についてあれこれ言いながら、扉をなかなか開けてくれないとかって冗談抜きでこわくないですか？　と店長に言っても、笑われて終わってしまった。しかもこんなおもいまでして、やっとのことで稼いだお金も「面白くない」演劇に消えていく。

休憩時間は三〇分だけ、もらえた。ふだんは客室の、いまの時間は空いている部屋のなかを真っ暗にして、けれどもカラオケのモニター画面が煌々《こうこう》とひかりを放っている。そんななかで無理やり、すこしだけ目を閉じる。一二月だった。この日は店長もいなくて、アルバイトは先輩と、おない年のおんなのこの、さんにんではいっていた。さっきパントリーで話していたことをおもいだしている。

「どうなの？　みんな、今年、実家帰るの？」

「や、わたしは実家だし」

「さやかちゃんは？」

「や、帰らないかなあ」

　そうか、実家に帰るとかそういう時期なのか。そんなこと、いちどもかんがえたことがなかった。

「しかし、嫌だなあ、一二月。めちゃくちゃ忙しいしさあ」

「売り上げもぜんぜん違うね、やっぱ」

「そうだよね。じゃあふだんは、なんなんだ、ってはなしだけどね。どこからひとって湧いてくるんだろう」

「湧いてくるわけではないでしょ」

「湧いてきてるじゃん、湧いてきてるよ。こんなのさあ」

「まあね」

「やー、ほんとうに好きではないね。一二月。嫌いになったよ、上京してから、一二月」

「はいはい」

「コドモのころはさあ。なんつーか、サンタとかさ。ケーキとかさ」

「ふーん、そういうのおもいだすんだ」

「そういうのをかんがえては、わくわくしていたんだろうね」

「そうなんすねー」

「でもその記憶すら、いまはもうないくらい、一二月が嫌い。嫌いだよ」

「とにかくなんだろうね、ゴキブリかな？」

「ゴキブリはさあ、駆除してもらおうよ、マジで。じゃないとやってらんないよ」

「ほんと、現にクレームきてるしね」

「しない意味がわからない、なにをケチってるんだろう」

「意味がわかんない。そう、意味がわかんない」

「もうあれは駆除するしかないから」


まったくもって、クソみたいな雑居ビルだった。どこかに目をやれば、ゴキブリがなに食わぬ顔をして歩いているような、そんな環境だった。そしてなかなか駆除してくれない。わたしは北国育ちで、この年齢までゴキブリというものを見たことがなかった。だからさいしょにわたしのアパートにゴキブリが出たときは、りょうすけくんに電話してきてもらって退治してもらったくらいだったのに。いまや、おそらくりょうすけくんよりもゴキブリを見ているかもしれない。それくらい、このアルバイトではゴキブリを見る。しかもみんな、もう慣れすぎて、ゴキブリを殺す、その殺しかたに凝り始めるのだった。熱湯をかけてみたり、洗剤やアルコールをかけてみたり、チャッカマンで燃やしてみたり。ゴキブリが燃える、その焦げくささはまた独特なものだった。

「や、それでいうとさあ、ネズミだって駆除したことあるし。あれはつらかったけどね、排水溝に駆除したあとのネズミの死骸がね。溜まったのとか、見てられなかったけどね。胃袋を吐いて、白目を剝いて、ネズミたちが死んでいるんだよ?」

先輩は、いやこの先輩だけじゃない、おおくの先輩たちは、わたしたちに武勇伝のように、これまでの経験を、ひけらかして自慢してくる。ビルの隙間という隙間には、いろんな生き物の巣がはびこっていることくらい、そんなことあえて言われなくてもわかっていた。


「なんなんだろうね、一二月のひとびとは」

「なんだろうね、一二月は。ひとびとがこわいよね、暴れるし」

「暴れる。そう、暴れるんだよね。笑っちゃうくらいだよね」

「年末に向けて、ひとたちが浮かれてる、だなんて言うけどさ」

「そうなんですよ」

「浮かれてるなんてもんじゃないよね、壊れてるよ。もう、壊れてるんだよ!」

「叫びたいくらいだよね」

「いちばんこわいのは、ひとだよ、って。そのとおりだよね」


わたしは黙って、ふたりのはなしを聞いていた。いちばんこわいのは、ひとだよ、とかいうそんな教訓めいたこと、たしかにゾンビ映画を観なくたって、この町でこうしてふつうに生きているだけで、わかりすぎるくらいわかる。

「まいにち、ゲロ処理ですよ。しない日はありませんよ」

「あ、あ。トイレって、した？」

「したよ、ひどかったよ！　きょうも三六〇度、ゲロまみれだよ！」

「どういうことなの、それは。どうやって吐いたら、そうなるの」

「わかんないよ、もう。こうじゃない？　こう吐いてんじゃない？」

「それ、じぶんにもかかるじゃん」

「ゲロかかってもだいじょうぶなんだよ、壊れてるから」

「うわ」

「どんななんだよ、なににどんだけ、ストレス感じて、ああなれるんだよ！」

「そうなんだよね、それを想像するとさあ。かんがえちゃうんだよな。どうやって、このひとはオトナになって。そしてどういうオトナと出会って、こうなってしまったんだろう。っていうオトナをこんなにたくさん見てしまうとさあ」

どうやって、このひとはオトナになって。そしてどういうオトナと出会って、こうなってしまったんだろう。っていうオトナをこんなにたくさん見てしまうと？

「まあまあ、かんがえないようにしよう」

「だね」

「クソはクソってことで、おれらはああはならないって、それだけでしょう」

もうすこしで休憩時間が終わる。わたしは真っ暗闇のなか、カラオケのモニター画面にうつる、なにかの宣伝画面を、ときどき出てくるアイドルみたいなひとや、ビジュアル系バンドのひとたちを眺めながら、なんにもかんがえていないはずだったし、それだけを見つめてぼーっとしていただけのつもりだったのに、気がつくとすこし泣いていた。わたしは、こんなアイドルにも、バンドのひとたちにも、当然、届いていない。こんな、とかおもっているじぶんにもムカついた。こんな、じゃない。このひとたちのほうがよっぽど、わたしよりもがんばっているだろうし、努力してきたから、カラオケのこのモニター画面で宣伝することができているのだろう。わたしは、とにかくがんばることもできていない。がんばりたくても、どうがんばっていいのか。どこでがんばればいいのかもわかっていない。学校のみんなはおそらくわたしよりもっとさきを歩いているんだろう。みんなたのしそうに演劇をやっている。わたしはこっちに来てから、演劇でたのしいとかおもったことも、だからもちろん感じたこともない。そう、わたしは徐々に、学校へ行けなくなっていた。演劇の授業が苦しくてしょうがなかった。アルバイトは週に五、六日。おおいときで、一〇連勤とかそういうときもあった。朝の五時の閉店まで。それからお店を閉める作業だから、早くて六時に終わる。そのあと賞味期限が近い食べものを、アルバイトのみんなで酒を

飲みながら食べるという会もあった。その会に参加しないと、あんまりよくないかんじだった。あんまりよくないかんじ、というただそれだけなんだけど、学校にも馴染めてないわたしはアルバイト先でもはじかれるような気持ちになりたくなかったのかもしれない。

そとへ出ると、ピンク色の空。明け方の東京。夜が明けて、やっぱり朝は訪れていた。アルバイトのあと、きょうもだいぶアルコールを摂取して、だいぶ酔っている。東京の一二月もだいぶ寒い。真夜中にいったいなにがあったというのだろう、町じゅうに溢れかえっている、現実のかけら。血まみれの男性が、わたしのまえを通りすぎる。うそだろ、ということがふつうに起こるから、もういろんなことに慣れてきてしまった。だいいち、わたしもこんな明け方に、足元がふらつくくらい、酔っぱらっている。ゴキブリもネズミも、こうはならない。生きることに必死なだけで。それに比べてひとは、生きることを持て余したようなかんじで。これからわたし、いろんなことが麻痺して、ううん、麻痺させて。ぜったいになりたくないとおもっている、ああいうオトナにわたしも?

アルバイト先は、駅前の雑居ビル。しかもビルを出たところのすこし行ったところには、ちょうどバスのロータリーがあって、そこへやってくるスクールバスに乗りこんで、わたしとおない年のみんなは学校へ登校する。わたしはほとんどまいにち、そのスクールバスを、酒に酔ったまなざしで見つめていた。わたしは当然のように、そのバスに乗らないし、学校へも行けない。ほかのみんなはもう帰宅したのだけれど、まだわたしはビルのまえの地べたに座って、缶ビールを飲んでいた。バスのロータリーをほとんど睨みながら。

徐々に列をなしていく、スクールバスに乗るための列のなかに、りょうすけくんの姿が見えた。わたしには気がついていないだろう。まわりの友だちとたのしそうに話している。わたしはそれを、ただただ見つめていた。いや睨んでいた。口からは白い湯気が。しかし涙は出なかった。けれどもどうしてか、ひさしぶりに父親の声が聞きたくなった。

14

そしてわたしはある孤島にいる。孤島のちょうど上空に漂っているまあるい雲は、午前中から午後にかけてその姿をおおきく膨らませて、そして夕まぐれが訪れるころ、まるで膨らみすぎて破裂したかのようなはげしい雨を降らす。日が照って渇いたじぶんを、雨はやっぱり潤してくれる。夜になるとやけに澄みきった空気がつくられ、できあがってしまうのは、それはこの湿度のおかげだからなのかもしれない。夏だというのに、つまり日中はあんなにも、視界がかすむほど暑かったのに、それにこの孤島は日本列島でいうところのだいぶ南に位置しているのに。夜はこんなにも静か、穏やかに澄みわたっている。

わたしは民宿に宿泊している。今夜で一週間になる。老夫婦が経営している。だるだるの白いTシャツを着ているおじさんとおばさんは、もちろんいつだって短パンで。つねにうちわを持って、どこをどういう効果をのぞんで扇《あお》いでいるのだかわからないような扇ぎかたをしながら、昼寝をしたり鼻歌を口ずさんだりしながら、木造建築のこの建物のなかでささやかに過ごしている。

昼間は熱心に高校野球を見つめている。わたしが泊まっている部屋のまえの廊下をそのどちらかが歩くとき、ぎぃぎぃと音をたてるから、それが初めのころはうるさかったのだけれど、もう慣れた。お風呂はいわゆる家庭用のサイズの、タイル張りで（あのタイルのことをなんて言うのだろう、小石みたいなかたちをしたいろんな丸みを帯びた大小さまざまなタイルが敷きつめられた）、もちろんふたりも生活のなかで使用している浴室空間に、わたしもはいる、というかんじ。なにか話さなきゃいけないこと（たとえば宿泊費のこととか）があるときがたいへんで、ふたりかは方言が強すぎるため、わたしの言葉はたしかに通じていることはわかるのだけれど、ふたりから返ってくる言葉がまるっきりわからない。あ、そして現在、わたししかこの宿を利用していないみたいで、わたしとふたり。つまりさんにんしか、この建物のなかにいない。奇妙な生活をしているみたいで、たのしい。けれども、もう一週間が経つ。そろそろ、東京へ帰らなくてはいけない。大学へもあんまり行かなくなったわたしは、アルバイトで貯めたお金はこういうふうに費やし始めていた。観劇にも、もうあんまり行かなくなっていた（ほとんどの演劇がつまらないことはよくわかった）。みんながだいたい読んでいるであろう小説や漫画もだいたい買って読んだし（物語という名のただのうそに真剣に向きあえなくなってきた）。あとわたしに必要なのは南へ旅することだとおもって。お金が貯まっては、できるだけ南へ足を運ぶようにしていた。西だの南だのには、北にいたわたしには新鮮なものがやはり溢れていた。孤島の夜。そして夏。クーラーも設置されていないのに、絶妙に涼しい空気が風とは呼べない風となって部屋を満たしていくのが、気持ちいい。初めのころはくさいと感じていた畳に敷かれた布団もいまとなっては心地いい。おじさんとおばさんが視聴していたバラエティ番組の音もいつのまにか消えていた。扇風機が回転する音ももう止んでいる。そしてわたしは目を閉じた。朝がやってきてまた日が昇り気温が上昇すると、地面に蓄えられたその湿度はまたあらためて、粒として上空へ蒸発して雲をつくるのだろう。そうするとまた夕刻に、大地に雨が降りしきる。その繰り返し、つまりまさにその循環のなかにわたしはわたしのお金でここにいて、目を閉じることができている。ゆっくりとあたまのなかでおもいめぐらす。この旅のことなどを。

この島へやってきた日の翌日に気合いのはいった準備をして、森へ足を運んだ。しかもその理由が信じられないくらい巨大な大木に出会うために、という笑ってしまうような動機である。そんな動機を持って、森へ足を踏みいれるひとはわたしだけじゃない。かなりたくさんのひとたちがそんな理由で、大木と出会うためだけに森へでかける。森はひとで溢れ、大賑わい。初めはもちろんばかにしていた。大木なら生まれ育った町にもいくらだってあった。何時間もかけて、森の奥へ奥へと進めていくと、これまた笑ってしまうくらいの、ほんとうにおおきな、おおきすぎるくらいの大木がわたしの目のまえに現れた。マジか、という言葉しか出てこなかった。マジか。うん、でかいな。けれどもあの感覚は、感動とも違うかんじだった。何万年、みたいな時間に圧倒されたとかもなかった。出会うべくして出会った的なそういうのも特に感じなかった。ただただ、現在という時間のなかで、東京で貯めたお金をつかって、「あなた」を偶然、雑誌で見かけたのでここに来ただけだった、というのがわたし的にはすこしグッときていた。そして、その「わたし」というのは、現在《いま》、まさに、演劇に挫折しかけていて、演劇から離脱しようとしている「わたし」なのだ。笑いそうになった。そんな「わたし」が「あなた」を目のまえにしている、この偶然。もちろんこんなの必然じゃないのだ。偶然でしかない。偶然、なんでかわからないけれど出会えた。というか、目のまえに在る。存在しつづけた姿をまえに、わたしは立ち尽くしていた。下山するとき、あの大木よりもずっとちいさい、けれどもそれだって立派な大木に、耳をつけてみた。雑誌に書かれているとおりだった。木のなかから水の音がする。どこか遠くから聞こえてくる川が流れる音ではなかった。たしかにわたしの耳のすぐそこで、すなわち木のなかをいままさに水が流れていた。それはすこしなつかしいような気がするくらいの体験だった。あの水の音をおもいだしながらわたしはいつのまにか眠ってしまっていた。そう、これもなんでかわからないのだけれど、わたしたちはなにがあったって、眠ることになっている。いつのまにか、いつしか。穏やかであっても、騒がしくっても、たぶん意識というものとは違う時間を身体というものは生きている。だから、意識としては眠くなくっても、眠れなくっても、やっぱり身体は眠ってしまうのだ。

朝起きて、宿を出て（もう一泊だけします、とおばさんには伝えた）、向かうさきはきまっていた。わたしはとある喫茶店にこの一週間、通っていた。その喫茶店の名前は「ときどき滝が見える」という。ときどき滝が見える。その名のとおり、テラス席ではほんとうに、ときどき滝が見える。とてもちいさな喫茶店だったのだけれど、これもなにかの本に載っていたのを偶然見つけて、行ってみたのだった。そして通っている、一週間。じぶんでも、どうして通っているのか、理由はよくわからない。おそらくもっと行くべきところがこの島にはあるのだとおもうのだけれど、なぜだか。惹《ひ》かれている、というかんじでもない。しかしなんとなく。どうしてか気になって。いや、なにが気になっているのかもわからないけれど、なんかあるような気がして、通っていた。お昼はときどき滝が見えるで、キーマカレーを食べる。谷間にときどき流れる滝を見つめながら。本棚には楳図かずおの漫画とかが置かれている。お店のひとの趣味だろうけれど、ときどき滝が見えるで楳図かずおかあ、と謎だった。ときどき滝が見える、というのはなんだかなにかの作品のタイトルみたいだなあ、とおもったのがさいしょだった。孤島へ訪れたのなら行ってみようか、ということで、初めて訪れた。だから一週間前のあのときは、ちょうど近くに住んでいるような年配の男性が、色鮮やかな魚を持ってきていた。それを受けとったお店のひとは、その男性にコーヒーを出した。ん、これはもしや物々交換なのだろうか、と見つめていた。そうか、物々交換が可能な喫茶店か。いや、ありえなくはないか。で、それで、ほんとうにときどき滝は見えるのだろうか、と。テラスにて、何時間か過ごしてみることにした。日が照っていて暑かったけれど、サングラスしているし、アイスコーヒーをあと何回かたのんだなら、見れるかもしれない、滝。ということで、ときどき滝が見えるというその位置を見つめていたけれど、見えなかった。初日は。帰り道、はげしすぎる夕立に驚いたけれど、数分もしたら夕立は止んで、オレンジ色の晴れ間がすぐに広がった。海岸ではだれかが踊っているのが見えた。そのだれかは若くはないだれかで、しかもひとりじゃない。ふたりいる。それに、服をろくに着ていないように見えたのだけれど、まさかとおもうまえに、ほんとうに着ていなかった。老人の男女がふたり。ふたりはうえは裸で、音楽もないなか、浜辺で踊っていた。なんともいえない気持ちでそれを見つめていた。なんともいえない気持ち。そう、それっていうのは現在《いま》これを見ているからこの気持ちになるものではないこともわかっていた。わたしはあの日、ときどき滝が見えるで滝を見ることができなかった。アイスコーヒーを何杯も飲んだけれど、滝は見れなかった。そしてその帰り道。夕立に遭遇したのちに、オレンジ色のなかで老人が裸で踊っている。つまり、すべてが影響して、この光景につながっている、ということはわかっていた。鮮やかな色をした魚のこともおもいだした。あれから一週間。森へ足を運んだ日も下山したあとは、ときどき滝が見えるへ行った。コーヒーを飲むために、じゃない。そこでの時間を過ごすために。

きょうもときどき滝が見えるに足を踏みいれた。滝を見ることができたのは、何日目のことだっただろう。憶えていない。見えたことに、感動したわけでもなかった（大木と出会ったときとおなじく）。あ、流れた。いま、流れたね。ってくらいのかんじで。つまりだから、見えたからってクリアしたわけでもない。ときどき滝が見えるからってそこに通っているわけでもない。わたしが知りたかったのはなんだかもっと漠然としたものだった。そこに流れる時間とか、空間とか。しかしどうしてこの営みが成立しているのだろう、ということとか。またわたしはテラス席を選んで、まずはまたキーマカレーをたのんだ。これは初日からなんとなくわかっていたことなのだけれど、このお店を営んでいるひとはこの島に住みつづけているひとではないかもしれない。夏という期間、ここに来て、この営みをしているひと。もしくはひとたちなのかもしれない。それは言葉を聞いているとわかったような気がした。方言がどうだとかそういうのだけではなくて、言葉が違うようにおもった。つかっている言葉が。もしくは言語が。なにこだわっているか、

ということ。それは生活だけが主体じゃないような気がした。ではどうして、この島にふだんは住んでいないひとが、たとえば夏の期間だけ、この営みをするのだろう。しかしわたしはべつにそのことをインタビューしてみたいとかそういうかんじでもないし、もちろん。知ったからといって、なんなのかってはなしでもあるし。とにかく過ごしていた。ただなんとなく。よかったのは、お店のひとも、もう何日も通っているわたしに、だからといって話しかけたりしてこなかったことがよかった。単純にそれは、わたしなんかに興味がないということでもよいわけだし、おたがい何者なのか気になっていたっていいわけだし。その距離自体、心地よかったから過ごしつづけられたというのもある。キーマカレーが運ばれてくる。この日はチャイというものをたのんでみようかとおもって、それもたのんで運ばれてきた。おそらく夫婦なのかな、この喫茶店を営んでいるのは。しかし探りをいれたいわけでもないし。でもどうしてか、なんだろう、漠然とした、この時間と、そして空間の正体が知りたかった。それはなにか聞きだして知れることではないような気が、これまた漠然としていたのである。キーマカレーを食べながら、ときどき滝が見えるでの時間のことをゆっくりとおもいだしていた。野菜を届けにくるおばさん。そして、あの鮮やかな魚のおじさん。いろんなひとがここに行き交いながら、時間を織りなしている。そうだ、そうか、ひとつめがわかった。ここを営んでいるのはたしかに、夫婦に見えるあの男女、この島にはふだん住んでいないあのふたり、かもしれないが、営みというのはそもそも営んでいる側だけで成立させることとなのだろうか。いや、おそらく違うのだ。もちろん、そこを営もうとした始まりのひとはいるにしても、そこへ訪れるひとがいなければ、その営みは営みとして成立しないということ。行き交うひとが交差するなかで、時間というものは空間性を帯びていく。それと、営みというのは同時に作品でもある、ということだった。ときどき滝が見える、というのはあたかも作品のタイトルみたいで、おかしかった。でもほんとうにこれは、タイトルなのかもしれない。しかしここには役者はいない。けれども、立場はある。そう、演じてはいないが立場はあるのだ。空間の、ある時間に、ひとたちはその立場を持ってくる。そこで過ごす。それだけをあたりまえに（つまりやはりただの喫茶店ではあるのだから）、日々繰り返しているだけ、なのかもしれないけれど。しかしそれはほんとうに、ただ自然とそうなだけなのだろうか。いや、違う。自然ではない。これは自然じゃない。自然のなかに、ひとつなにかデザインされた空間が、時間が、ささやかな言葉とともに置かれている。特別、食器が、そしてテーブルが、椅子が、おしゃれなわけもない。本棚には謎に、楳図かずお。しかしわかるのは、ここを始めたひとは、なにかのきっかけでここの時間を選んだ。選んだということは、ここが大切だ、ということ。だとおもう。だって、大切じゃなければできないじゃないか。大切という言葉に収まるかどうかもわからない、なにかかけがえのなさ、みたいな感情がなければこんなことはできない。そう、それともうひとつ。ときどき滝が見える、を出てから見た浜辺のこと。裸のダンス。あれはあれだけを見たならば、ただ奇妙な、もしくは田舎ってこういうもんなんだろうな、という笑い話にしか見えなかったりもするだろう、しかしわたしにはあれがなぜだか神秘的なものに映ったりもした。あれはなんだろう。うーんと、やはり、ときどき滝が見える、は作品なのだ。ときどき滝が見える、という時間を、空間を、体験したから、そのあと見た風景は、その時間が、空間がなかったのなら、味わうことはなかったとおもう。

わたしは、そうだ。演劇をやろうとしすぎていたのかもしれない。演劇というか、作品とはつまり、時間と空間がこういうふうに伴ってできていれば、作品であるのかもしれない。わたしだったら、このことをなんて言うだろうか。わたしだったら？

＊＊＊＊＊

キーマカレーを食べながらおもいついた言葉は「マームとジプシー」だった。東京に帰って、たったいまおもいついた「マームとジプシー」という言葉について、いやもしくは言語について、かんがえてみよう。二二歳の夏だった。孤島にあった、ときどき滝が見える、にて。

15

そしてぼくはおもいだしていた。あの夜のざらつきと、たぶんそれは湿度によるものだろうということ。しかし湿度というのはどこからやってくるのだろう。おそらく湿度は、たとえばいのちのようなものがやっぱり存在していなくてはありえていないのではないか。いのち、それはべつに動物じゃなくても植物なのだとしても。なんらか、いのちのようなものがありえているから湿度はきっとあるのだ。温度というのは、もしかするとべつにいのちというものがなくたって、あるのかもしれない。みずから熱を持っていてなおかつそれを発している星たちも、いのちとするのならそれはいのちだろうけれど、星々のことをいのちだとおもうことはたいへんなことだ。ものすごいおおきなスケールでいのちそのものを捉えなくてはいけない、というかそう捉えることはぼくにはできないだろうとおもう。というのはいまだって歩いているこの地面、これ自体をいのちだなんて。どんな理屈を持って説得されても、せいぜいいのちだとおもえるのは、植物までだとおもうのだった。いやでもそれもあやういかもしれない。植物には目がない。動物の目には宿るもの、あれを植物には見たことがない。つまり、植物にはひかりがない。宿らない。まんがいち、発光する植物というものが存在していたのだとしても、なにか像を成すものをひかりとして察知して、そして目というものにそれを映すことはできないだろう。目は、まぎれもなく鏡である。ひとはだから、鏡を持って生まれる。

つまりぼくはおもいだしていた。いま歩いているこのアスファルトのしたには地面が、かつては森が。そのもっと地下にはマグマが、ということはそうか。ぼくは地球上を歩いているということになるのか。うーん、しかしめんどうくさくてしょうがない、なにをしていたってどこを歩いていたって、ここは地球。だなんて。そうやってつねに地球を感じながら生きていくのはほんとうに困難だとおもうのだ。いま歩いていて、足裏に感じるこれは地球じゃなくていい。マグマじゃなくていい、森じゃなくていい。地面じゃなくていい。アスファルトでいいのだ。ただぼくは、アスファルトのうえを歩いている。あの夜のざらつきはやっかいだった。あれは湿度によるものだった。湿度とはだれかから、なにかから発せられたものが、湯気となって、霧を形成して。

ぼくたちをじめっと包んでいるのだとおもう。はりついていた、皮膚という皮膚に。湿度がきめこまかく、はりついていた。夜のざらつき。あれは夜の公園だった。とても。そう、とても桜が咲いていた。街灯に照らされた夜の桜。あ、夜桜と言うのかもしれない。市民プールにて、チアノーゼのくちびるでいちごオレじゃなくてバナナオレを飲んでいるあのころのぼくは、確実にぼくを睨みつけている。そんな夜だった。きょうという日は、あの夜のことばかりがおもいだされるのはどうしてだろう。

「ほんとうに死んでほしいとおもう。もうほんとうにいますぐここで死んでほしい。願わくば、いちどだけじゃなくて数回、死んでほしいとおもう。あなたが死んだあとにわたしも死にたいだなんてことはおもわない。あなたが死んで、わたしはふつうに生きていきたい。いまはなんにもなくなってしまったとおもう。けれども、いつかはまただれかのことを好きになって、あなたのことなんかは忘れてしまうでしょう。そうして生きていくとおもうのだけど、許せないのは、いま、ここで、あなたが生きているということなんだ。あなたがたとえば、あしたもなにかのタイミングで笑ったりとか。そういうのを想像するとほんとうに、もう。殺したいとは言っていない。死んでほしいとおもっている。死んでくれたなら、わたしはその余韻のなかでしばらくは生きなくてはいけないにせよ、このさきも生きていかなくてはいけない、そのスタートをなるべく早くに始められるとおもうの。あなたがふつうに生きてしまっていたら、どこかであなたが生きているという意識のなかでわたしも生きていかなくてはいけない。だれかをばかにしたりとかそういう理由であなたはまた笑うでしょう。それが許せない。あなたはやっぱりわたしをばかにしていたんだとおもう。わたしをばかにしているということは、わたしの家族のこともばかにしている。わたしの生活のこと、もっと言うと生命そのものをあなたはばかにしていたことに気がついたよ、カスが。カス。死ね。死んでくれたらほんとうにそれでいいよ。できることなら、あなたの家族もみんな。たったいま、死んでほしいよ。あなたという存在も、それをつくった影たちを、わたしはもう感じたくない。わたしはあなたのことを大切におもっていたよ。あなたの家族のことも大切におもえるとおもっていた。けれどもあなたは違ったんだね。違ったことを知ったよ。そして同時に、わたしももう大切にはおもえないからね。だっていま、こんなにも死んでほしいとおもっている。あなただけじゃない、全滅してくれとおもっている。何度でも言うけれど、殺したいわけじゃない。じぶんで死んでほしいわけでもない。ただ、もうその身体、物質として死んでくれ。たのむよ。あなたをつくった血のすべてをわたしは今後、ずっと恨むよ。憎むよ。どうしようもないくらい、だから好きだったんだとおもうよ。ばかにするなよ、わたしはばかにしたことなかったぞ、ほんとうに。あなたのこと、わたしはばかにしたことなかったぞ。ばかにするなよ、生きてんだぞ、こっちは。あなたがおもっている以上に、生きてんだぞ。もう二度と、そのあたまのなかでわたしのことをかんがえたり、おもいだしたりするなよ。わたしを生きているものとして扱わなかったおまえに、その資格はない。そしてわたしのことを語るんじゃねーぞ、カス。ネタにしたら、そのときは殺すぞ、マジで。作家ぶってんじゃねーよ。作家とか言うまえに、てめーもひとだろ。ひとだろうが。ぜったいにすべて、なにもかも許さない。死んでください、お願いします」

というふうにして。言われたことの、あまりこまかなことは憶えていないけれど、死んでほしいということをとにかく何度も、何度でも伝えられたのはたしかだった。そのひとつひとつに頷いて、できることならほんとうに死にたいとおもっていた、あの夜。あのかんじの湿度がまだこんなにも身近にあるような気がして、呼吸が浅くなる。しかし、あれからやっぱりぼくは何度も笑っただろう。くだらないことで、もしくは彼女が言うとおり、だれかのことをばかにして。何度も何度も、笑っただろう。生きているということはそういうことで。ぼくが笑うたんびにどこかできょうも生きているだれかが傷ついているかもしれない。笑っているぼくはほんとうに卑怯だとおもう。なんにもわかっていない。いなかった。じぶんはだから、わかりやすい「しあわせ」のようなものには手をのばしてはいけないような気がしている。笑ったり「しあわせ」だったりは、だれかを傷つけるのだ。おいしいとかたのしいとかも、ダメなことだ。そんなことをしていたら、ダメなのだ。そんな資格、ぼくにはもうないのだとおもう。けれども、つくることだけはやめたくない。つくったもので「しあわせ」になりたいとかはない。「しあわせ」になってはいけない。しかしつくりつづけなければ、それだけはしなくては。またたれかになにか言われそうだけれど、ぼくは作家でしかなかった。そう、作家でしかなかったのだ、ぼくは。ほかになんの役割もない。それ以外のことはだれにも求められていない作家でしかなかった。しかし作家というのは作家だということを言いわけにすぐするので、その点も気をつけなければいけない。

なるべく作家は、作家だということを隠しながら、ふつうのひととおなじような表情をして、町に潜んでいるべきだろう。しかし作家というのはじぶんのことをふつうのひとだとはおもっていない。すくなくともぼくはそうだ。きわめて特殊な能力を、ぼくは持っているとおもっている。でもそれをひけらかすのはよくない。「しあわせ」になるくらい、よくないことだ。作家ということをつい言いわけにしてしまい、いままでどれくらいのひとを傷つけてしまったことか。計り知れない。だからそもそも、ぼくという人間は反省をしていないのだ。あんなに死んでほしいとたのまれても、やっぱり死ななかった。死なないどころか、生きた。生きてしまった。あれからおいしいものもたくさん食べたし、笑った。とにかく笑ったとおもう、やっぱり。ひととは、なんだろうなあ。と、じぶんを通しておもうよ。ほんとうにおもっているよ。いろんな夜を経てきたけれど、どの夜のこともけっきょくはじぶんの身体のなかにはいってきていなかった。ぼくはぼくでしかなかった。まぎれもなく、きのうのぼくはきょうのぼくであり、あしたのぼくでもあった。なんにも変わることはできないんだよ、そのことだけはすこしだけ学んだような気がするかもしれない。

「はい、見えるかな。まあ、大半は動いているね。あ、これだね、このへんは動いていないね、死んでいます。ふたつあたまがついているのもあるね。はい、そうですね。このへんも死んでいます。まあでも、これくらいはふつうかな。動けなくなってるやつもいる。袋小路に当たっちゃってる、みたいな。ふつうの割合かな。だいたいは動いているから。でもすこしね、精子の量はすくないね。まあでもそれはしょうがないんだよ。だってきょうが初めてでしょう、こういう場所でね、しかもあんなせまい部屋で。いきなり射精してください、なんて言われてもね。あとそれとすこし雑菌も見受けられますね。まあまあでも、おおよそはふつうでしょう。はい、じゃあがんばりました」

カメラをすばやく動かして、ズームしたり角度を変えたり。ぼくのそれをてきぱき診ていった。診察自体は数分で終わったのだけれど。ここに来るまでも、あのせまくて暑い部屋のなかでもたくさんのことをおもいだした。おもいだしてほしくないだろうけれど、やっぱり生きているとおもいだしてしまう。たくさんのことを。

たとえばぼくは、母からずいぶんながいこと「さやか」と呼ばれていた。ぼくがまだ胎内にいたころ、母はぼくのことを女性だとおもっていたのだ。しかしある日。それはもうそろそろ生まれるかどうかのころだったらしいのだけれど、胎内にいるぼくが男性だと発覚した。そのことが母にとってはとてもショックなことだったようで、それを知った母は三日間、眠ることもできず。そして、ものがのどを通らなくなったらしい。それくらい、ぼくのことを女性だとおもっていた。「さやか」という名前も、もうすでにきめていたのだから、かなり驚いたのだろう。男性のぼくが、つまり生まれてきてほしくなかったのかもしれない。たしかに、男性が生まれてきてしまうということをある日、突然知るというのはたいへんなことかもしれない。それまで、お腹のなかのこの存在は女性だとおもって、しかもきめていたのだから。ぼくが男性性を持って生まれてしまったあとも、母はぼくのことを男性だとしばらくは認めていなかったとおもう。「さやか」と呼びかけつづけていた、というのだから。

しかしぼくはやっぱり「さやか」ではない。こうして射精できる身体に生まれた。初めて精通があったのは小学五年生のころで。ちょうど母が入院していた最中だった。夢のなかで射精したぼくは、起きあがって。ああ、よかった。とおもった。だってそのとき、母は家のなかにいなかった。母にはなんだか悟られたくなかったし、男性であるぼくのことをぼくだとおもってほしくなかった。「さやか」だったのなら、射精はしなかったのだろうか。けれどもあれから何度も射精した。しなくてはいけないかんじで、何度も。不思議でしょうがないくらい、射精はするのだった、どうしてか。きょう、初めて出会った医者という存在に、じぶんの精子を診てもらっているとか、なんていうかおかしなことだとおもう。そうそう、きょうだって。市民プールにて、チアノーゼのくちびるでいちごオレじゃなくてバナナオレを飲んでいるあのころのぼくは、確実にぼくを睨みつけていた。こんな未来、あのころのぼくは想像していただろうか。いや、しているわけがない。

＊＊＊＊＊

わたしは鴨川にいた。その流れを缶ビール片手に佇んで、見つめていた。どういうわけか、京都によく訪れるようになった。まだ夏が遠く感じる、いまは六月。鳥たちが、川に浮かんだり、ケンカしたりしている。

「夜ですね」

「夜ですな」

そう、夜だった。夜の鴨川にいる。くるりを聴きながら。ジュディマリのあの曲でもいいけど、くるりがいいかな、とおもってくるりをただ唐突に流していた。となりにいる伊野さんはハイボールを飲んでいる。ロング缶を買って、やがてやってくるだろうみんなをふたりで待っていた。

「ヌートリアって知ってる?」

「ううん、知らない」

「ヌートリアっていうのが明け方、現れるらしいんだけど」

「ふーん、なにそれ」

「まあ、わたしも見たことないんだけど」

「どういうのなの、それは」

「うーん、どういうのだろうね。ネズミの巨大なやつ、らしいんだけどさあ」

「なにそれ、こわいんだけど」

「こわいよね、うん。ほんとに」

「ですよね」

「なんかビーバーみたいな」

「ビーバーって、図鑑でしか見たことないわ」

「今夜は見えるかしら、ヌートリア」

「どうでしょうね」

「月は見えないね」

「そうですね、しかし雲の動きがはっきりと見える。それに速いね」

「風が強いかんじもしないのにね」

「そういうもんなのかね」

「どうなんだろうね、不思議」


わたしたちはそんなぼんやりとしたはなしを、けっこう酔っぱらいながら。けれどもだいぶ気持ちのよいおだやかな風に当てられつつ。このさきどうなるかわからないし、アルバイトもまだやめられないけれど、演劇をつづけていこうかなとひそかにきめていた、なんかそういうたしかに強い気持ちのもと。鴨川にて、飲んでいた。早くだれか、おつまみ買ってきてくれないかなあ、なんておもい浮かべながら。

「どんな歌詞だよ、マジで」

「でも、わからない？　わたし、わかるんだけど」

「や、わかるんだけどさあ」

「なんかわかんないんだけど、すごいわかるんだよね」

「うん、その言っていることはわかるよ」

「でしょ」


まわりは大学生みたいなひとたちばかりが騒いでいて。京都の大学生とか憧れるよな、なんておもいながら眺めていた。京都とかで大学生していたなら、すこしはつくるものも変わっていたかな。どうだろう、そんなことないかな。どこでなにをつくるって重要そうだけど、重要なのかな。わたしにはまだわからなかった。つまりわたしはまだ、おおくのひとにわたしのことを知ってほしいということだけに必死だったのだ。

16

ふつうならおかしくなるようなことをしようとしているのだとおもう、演劇だなんて。演劇がどうして成り立つのか、わたしはまだわかっていなかった。わたしは作品じゃなくて演劇を成り立たせようとしている。作品というよりも演劇をどうしていこうか、ということに精いっぱいだった。劇場を借りるにはいくらかかるのか、とか。いや劇場らしい劇場を借りることなんか、まだ到底できない。けれどもたとえば出演してくれるひとたちに、事前にお金をもらおうだなんて、そういうのは嫌だ。いわゆるチケットノルマ（あらかじめチケットを何枚か買っておいてもらって、それが売れたら売れたぶんだけ返す。みたいなシステムのようなもの）みたいなのはぜったいによくない、したくない。ということで、じぶんでなにもかも払ってがんばろうとしているけれど、それだって限界がある。どこから演劇を成り立たせるお金って出てくるのだろう。そんなことばかりかんがえていた。チケットの収入って言ったって、チケット代を高くしたところで集客できないし、なんというかそれがほんとうにきびしかった。公演をすると、ただただお金が消えていく。あと、わたしがじぶんでも厄介だとおもうのは、人気劇団みたいなのもなんかダサいな、っておもっているところかもしれない。べつに人気劇団になりたくて演劇やってるわけでもなかった。というか、劇団ってなんなんだとおもう。劇団、というひびきに鳥肌が立つ。もうなんていうかやめようよ、そういうなんか集団でがんばってます、みたいなの。気持ち悪いんだよ、笑顔が。キモすぎる笑顔がほとばしっているんだよな、劇団って名乗っているひとたちって。消えちまえよ。味噌汁くさいんだよ。古着みたいな服着て、ピースみたいなのやめろよ。わたしまでそっち系みたいになるから、マジで鬱陶《うっとう》しい。どうせ集団なんていうのは、ろくなことないよ。飲みの席でほかの劇団の悪口とか飛び交わせながら笑ってんだろ、どうせ。そういうのがわたしは嫌いなんだよ。ちいさい範囲で、ろくに食えてないやつらが、酒飲んでタバコ吸って笑ってる。酒とタバコやめたら、何冊か本買えるし、音楽聴けたりするんですが、どうですか。っておもう。だからわたしは、つまりマームとジプシーというのは、わたしひとりでよかった。わたしひとりが、お金だって払うし、なんだってする。わたしはわたし以外のひとに左右されたくなかった。わたしはわたしには影響を受けるけれど、ほかのだれかには影響は受けません。だからマームとジプシーというのは、集団ではなくて、ただの個でしかない。つぎの公演にもこの劇団員を出演させなくてはいけない、みたいなことはない。だがしかしどうだろう、じっさいは。ほんとうは、いちばん、集団だの演劇だの、もしくは演劇界だのを気にしているのは、わたしなのではないか？　わたしは演劇が成り立つことばかりかんがえて、じゃあ作品は？　作品はいつ成り立つのだろう。そう、ここは鴨川だった。マームとジプシーにとって、初めての旅先は京都だった。

「さやかちゃん、そうだね。べつに悪くないんだとおもうんだけどさあ」

「うん」

「まあ、いろいろあるんだろうけどさあ。お金のこととか」

「そうだね」

「でもなんていうか、これで食っていく気があるかどうか、みたいな」

「はいはい」

「そういう説教くさいことを言いたいのではなくて」

「うん」

「そんなことは、まだどうとでもなるとおもうしね。アルバイトもできるし」

「うーん」

「でも、ただ、今回、わたしおもっちゃったんだよね」

「なにを」

「なんかさやかちゃん、演劇やってて面白くなさそうだな、って」

「え」

「なんかつらそうだな、って。それは見てられないんだよね、わたし」

「まあ」

「だから、ちょっと休んだら？　っておもうんだよね」

「うーん、そうかなあ」

「演劇なんてさあ、ふつうならおかしくなるようなもんだとおもうんだよ」

「ふつうならおかしくなる？」

「だってふつうじゃなくない？　これをやろうとおもうなんて」

「ああ」

「当然のように、就職することなんか選ばなかったけどさあ」

「うん」

「ただ、なんていうか。時間が必要なんだとおもうんだよ、作品をつくるには」


そう。伊野さんの言うとおりだった。夜の鴨川にて。伊野さんはハイボールを飲みながら、ぽつりぽつりと何度も間隔をあけたような喋りかたで、わたしに話した。わたしはおそらく演劇はしている。演劇には悩まされている。けれども作品、とかんがえるとどうだろう。わたしはまだ作品はつくれていないのかもしれなかった。学生時代にたらふく観てきただれかがつくった演劇に、わたしの作品はどこか似ていた。わたしはわたしの作品を観客として観たときに、それを面白いとおもうだろうか。わたしがさいごまでつくった、みたいな実感と愛着がない状態で、わたしがわたしの作品を観たときに。どうおもうか。

「ブリグリとかジュディマリとかって聴いてた？　わたし、聴いてたんだけどさあ。二〇代もこうして半ばに突入しようとしてるじゃん？　そのときにおもうんだよね、ああ彼女たちって、あの歌詞をうたっていたころって、わたしたちの年齢くらいだったかもって。そうじゃない？　ふつうにそうだよね。まだ生きているひとって、だれもがわたしたちくらいの年齢は通過していて、しかもこの年齢くらいにも作品を発表してる。それをわたしたちは一〇代のころに聴いていたはずなのに、なのになんで現在、演劇をやっていてこんなにも、やっている、っていう実感がないんだろう。彼女たちもなかったのかなあ、その最中は。でもたまにまた聴いてみたときに、ぞわっとすること、うたってるんだよね。彼女たちって。たとえば恋なのかなんなのかわからないけれど、でもおそらく彼女たちのなかにたしかにある実感を声にできているような気がするんだよね。それをさあ、かっこいいとか、かわいいとかで聴いていたけどさあ、なんかさいきんはそうは聴けないんだ。だってわたしたち、彼女たちのあの声くらいの年齢に差しかかろうとしているんだよ、焦らない？　うーんとまあ、さやかちゃんはわからないけど。役者じゃないから。でも、言葉を扱っているひとなんだよね？　で、その言葉をわたしたち役者が声に出すわけなんだけど。でもどうなんだろう、その言葉も。そして、声も。だれに届いて、どうおもわれているんだろう。つまりさあ、わたしが言いたいことわかる？　さやかちゃんはそのことにまだ悩んでいないような気がするんだよ。本来、だれにどう評価されるかどうかではないんだとおもうんだよ。というより、さやかちゃんのなかからほんとうの意味で出てきたような言葉にだけ、じつはわたしは期待しているし、それを声にできたらいいとおもうんだよ。それはまずは評価なんかされなくたっていいとおもう。まだ、そのラインにも立てていないとおもうよ。あ、ごめん。きついこと、言っているわけではないよ。ただ、現にそうおもう。ってだけだよ。だから、すこしかんがえたほうがいいとおもうよ」

東京へ帰るのに、とうぜん新幹線なんかは乗れるはずもなく、深夜バスで移動だった。わたしは深夜バスというものが嫌いだった。夜から朝にかけて、ここに乗っているひとたちの息が、箱いっぱいに充満していくようでこわかった。息を息で吸うようなかんじがして。夜だからか、乗客みんなの顔が見えなくて、ひとりひとりがなにをかんがえているかわからない。すこしでも眠ったら、だれかにナイフで刺されてしまう気がするから、ぜったいに目を閉じたくなかった。それにしても演劇というものは重たい。とにかく重たい。こんなちいさな演目なのに、一〇人くらい連れてこないといけない。その一〇人分の交通費も、わたしが払っている。お金がかかる。ため息が出る。このため息も、だれかがまた吸う。だれかのため息をわたしが吸う。で、またため息をする。深夜バスというのは巨大な肺なのかもしれない。けれども、この肺のなかで二酸化炭素が充満していくだけで、なかなか吐きだされない。いつまでたっても酸素は補給されない。奇妙で憂鬱な数時間を、東京までのあいだ過ごすしかない。伊野さんに言われたことをかんがえていた。めちゃくちゃきびしいこと言われた気がするけど、なんだったんだろう。でもたしかにいま、わたし、たのしくないかもしれない。なんでこんなことをやっているのかも、わからなくなってきた。というか、言葉ってなんだろう。演劇における言葉ってなんだろう。それと、わたしのなかからほんとうの意味で出てきたような言葉？　そんなもの、あるのだろうか。うそじゃだめなのだろうか。だって所詮《しょせん》、うそじゃないか。演劇なんて。うーん、かんがえてもわからなかった。他人の呼吸が嫌で嫌でしょうがない。しかしわたしもこんなところで呼吸しているという事実が、なんていうか世界でいちばん嫌で嫌でしょうがなかった。

＊＊＊＊＊

公演がないときは、ひたすら本屋でアルバイトをしていた。大学生のころだって、わたしは本を読んでいるほうだとおもっていたのだけれど、ここでアルバイトを始めてすぐにおもった、わたしはぜんぜん本を読んでいない。漫画の知識もぜんぜんだった。とにかくここにいるひとたちはめちゃくちゃ読んでいる。休憩時間もなにかしら読んでいる。給料日になると給料分くらい本を買っている。あとこれはわたしにとって、とても居心地のよいと感じることができるおおきなことだったのは、あんまりみんな話さない。ただ黙々と業務をこなし、じぶんの仕事の領域に干渉してくることがあれば、そのときは強めに話しあったりはするものの、基本的には個人作業で、休憩もだれかといっしょにいたりしなくていい雰囲気で、それがわたしに合っていた。一時間くらいかけて、本棚を整理していく時間がわたしはいちばん好きだった。どうしてこの本が、この本のとなりにあるのだろう、とかをかんがえておもいめぐらす時間が大切だった。そう、この本屋はすこしふつうの本屋とは違っていて、作家順とか出版社ごとに本を置いたり並べたりしない。まるで連想ゲームみたいにして本が配置されていた。太宰のとなりには、自殺にまつわる本。そしてさらにとなりには、耽美派《たんびは》の雑誌やアングラ系の本。そのとなりには暗めの絵本や、タトゥーの写真集、みたいな。本棚をつくるのも、アルバイトを含めた全員で取り組んでいて、そのひとの好みや趣向で売り上げがおおきく変わっていくのも、観察していてたのしかった。ふだんは劇作家をしているひとたちの小説やエッセイ、もうこの世にはいない劇作家の本や写真集も本棚に並んでいて、その本を整理するときはなんとも言えないくやしさと不安におそわれた。伊野さんがこないだわたしに話したこともあいまって、この劇作家は何歳のときにどんな賞をとって、とかそういうのを意識するようになってしまった。けれども、その本が売れたら補充するのもわたしがやっていた。なぜなら、わたしはふだん演劇をやっていて、公演があるときはながい期間、アルバイトを休むという「キャラ」だったから、演劇関係の本を補充するのは、わたしだ。将来、わたしもたとえばなにかの賞をとって本を出すとして、この本屋に並ぶことはあるのだろうか、とかんがえながら本棚を整理していく。でもこの劇作家はこういうところはいいけれど、こういうバランス感覚はないんだな、とか。謎の考察もじぶんのなかで進めていた。給料日になったら、できるだけ本を買う。読んでいないもののメモをするノートをつくって、徹底的に読んでいこうときめていた。食事はといえば、クマのグミとプリングルスでずっと過ごしていた。プリングルスを買って、あの一本を一〇日間くらいで食べ終えると、あと何冊か本を買えるとおもってがんばった。グミはそれでもお腹がすいたときに、すこし食べるように常備しておいた。そんな日々を、わたしもそうだけれど、ここで働くひとたちはだいたいおんなじかんじで送っていたとおもう。

ここで働くひとたちは飲みに行ったりとか、というか飲みに誘ったりとかもぜんぜんするようなひとたちではないのだけれど、ひとりだけ「飲みに行こうか」と誘ってくれる先輩がいた。先輩は漫画家になりたいらしかった。しかもここが地元で、ふだんは地元の友だちと遊んでいたりとか、なんていうかわたしの地元の雰囲気をまだ身にまとっているような先輩で、話していても居心地がいいし、たまに飲みに行ったりしていた。飲みに行くと地元の友だちというひとたちをわたしに紹介してくれる。


「さやかさん、っていって、ふだんは演劇やってるんだけど」

「へえ、演劇やってるんだ」

「はい、やってます」

「今度の公演いつだっけ？　つぎのみんなで観に行こうよ」

「いいね、行こうよ」
「けっこう面白かったんだよね、こないだの」
「へえ」

先輩はわたしの公演を観にきてくれる。それで観終わったあとに、演劇のこととかあんまり知らない、と言いながら、しかし彼なりにいろんな感想を言ってくれて、わたしはそれがうれしかった。先輩やその友人たちと飲んで、そして一時間だけカラオケをして（カラオケでは先輩はニルヴァーナをうたう）、つぎのお店とか行くお金はだれも持っていないので、さいごは太陽が昇るまで公園で缶チューハイを飲む。ピンク色なのか、むらさき色なのか、とても幻想的な色をした空のしたで、すべり台やらブランコに座りながら喋る。

「このへんもむかしはルンペンがいたんだよな」
「へえ」
「おれらが小学生のころとかさあ」

先輩はホームレスのことをルンペンと言う。そんな言葉をつかうひと、むかしの漫画でしか見たことなかったけど。この先輩は、ルンペンをまるで身近なひとのように語るのだった。先輩はいつだってブルージーンズを穿《は》いていて、かならず無地の黒いTシャツを着ている。それでメバコを吸っている。わたしも先輩といるときは、タバコが吸いたくなるので飲むときだけ、ひと箱買っておく。なんだかんだでわたし、酒もタバコもやっている。ばかにしていた劇団員みたいで恥ずかしい。数人で朝焼けの公園にて、タバコを吸いながら酒を飲む。さっきまで、野良猫がたくさんいたはずの公園は、いつしかカラスたちに占領されて、野良猫は一匹だっていなくなっていた。野良猫の時間から、カラスの時間に切りかわる。わたしたちはあんまりたくさんは語らない。だからあんまり笑ったりとかもないのだけれど。でも、心地よかった。この雰囲気、それとにおい。なんだかなつかしい気がして。しかし、なぜなつかしいのだろう。こんな東京の片隅にある公園にて、どうしてなつかしいのだろう。なつかしい、ってそもそもなんでなつかしいのだろう。なつかしい?

そうか、なつかしさか。わたしにしか描けないことは、わたしのなかにだけ眠っていることは、いつかのあの町にあるような気がして。朝焼けのまんなかで、ひそかに興奮していたのを憶えている。

17

たとえばわたしは洞窟のなかにいた。ここは満ち潮になったのなら、海水がなだれこんできて埋めつくされてしまう。海とのほんとうに境目にある洞窟だった。なぜだかわたしはその洞窟の中腹あたりにいて、溺れたっていいから満ち潮になるのを待っていた。それは月と関係しているのだと聞いたことがあった。今夜は満月だとカレンダーにて確認してから、ここまでやってきた。靴は途中で捨ててしまった。もうわたしには必要のないものだとおもったからだ。岩場だから裸足にきびしい。けれども、裸足がふさわしいのだと直感でそうおもった。足もとはもう見ないときめていた。おそらくもう足は、裸足はズタズタだった。血が流れているだろう。けれども痛みは感じない。どうしてだろう、感じないのだった。それほどにわたしはまっすぐ、たとえば暗闇のほうだけを見つめてここまでやってきた。ここ、この洞窟というのはいつだかの町の片隅にある、海岸線が終わりを告げる場所にあった。海岸線とは、永遠に。どこまでもつづいているだなんて、いつだか社会科の先生が言っていたけれど、それは嘘だとおもう。海岸線にも、なんにでも終わりはあるのだ。だってそうじゃないか、なんだって終わってきたから現在がある。そしてこれからもあらゆることは終わりを告げて、未来へつながっていくのだった。そのことをかんがえるとやるせなくて涙が出る。わたしにはとことん未来のことがわからない。なのでわたしは終わりの場所にて、暗闇だけをまっすぐ見つめていた。未来というのはなんて残酷で、そしてなによりも曖昧なのはなんでなのだろう。まるでこの暗闇というのは未来そのもので、わたしはそれを見つめて立ち尽くしている。わたしはわたしのことをだれよりもよく知っている。けれどもわたしはわたしのことがだれよりもよくわからないのだった。満ち潮になって、わたしはここで溺れてしまったらいいとおもう。息絶える。ここで死ぬことができたのなら、未来を見なくて済むのだとおもう。だからわたしは待っていた。この洞窟を満たすものを。

おもいだされるのは、猫の死骸だった。始めはビニール袋かなんかだとおもったのだった。けれども、違った。猫の死骸だった。釣り針に引っかかって、波打ち際にて漂っていた。わたしはあの猫がどこから流されてきたのか知っているような気がした。だれかが川の上流で捨てたのだとおもう、猫を。そう、猫は子猫だった。目が開かないうちに捨てたのだとおもう。どうして目が開かないうちに？　すこしかんがえたならたやすくわかることだ。つまり、目が開いていない子猫はまだこんな世界を眺めたことすらない。目に、こんな世界を映したことがない。なにかを凝視したこともない。だから目が開かないうちに捨てたのだった。しかしどうしてそんな判断ができるのだろうとおもう。ということは、この世界にたいして、そうおもっているということだから、なのではないか。こんな世界、見なくていい。見なくていい。見なくていい。見ないうちに、死んだほうがマシだ。そうやってその捨てただれかはおもったから。だからなのではないか。目が開かないうちに、子猫を捨てた。わたしはそうおもったのだった、その一瞬で。始めはビニール袋だとおもった。それくらい軽かった、釣り針に引っかかったものは。しかし、それに近づいてみると徐々にわかった、これというのはビニール袋じゃない。猫だ。しかも子猫。目と口もはっきりしていない。もう毛もない。もしかしたら、何カ月も、何年も海流を彷徨っていたのかもしれない。真っ白いビニールのような肌質だった。よく見なければ、猫のようなシルエットだってない。どろどろに溶けかかっていた。わたしは信じなかった。この子猫がどこからかみずから飛び降りたなんて。もしくはなにか事故で、ひょんなことから海に落っこちたなんて。わたしのなかでは明らかだった。だれかに捨てられたのだと。この海につながる川の上流で「彼女」は捨てられた。だれかの手によって「彼女」は捨てられた。「彼女」はこの世界のなにかひとつすら見つめていない。

あたりまえのことなのかもしれないけれど、あらためておもうのは、山があって森があって、そして川があるから海があるのだった。海がさいしょから海だったとはおもえない。海にはあらゆるものが流れつく。この国の文字ではない文字が印字された容器を見つけたこともあった。流木も、何年もかけてここまで流れついたのかもしれない。あの日の子猫も、いつだったか海を見つめて死んでしまったあのひとも。だれしもが、なにもかもが、海まで辿りついて、ここで終わってしまった。未来へとつながらなかった。だからおもうのは、海というのは終わりの場所なのだ。そしてわたしはたとえば、その終わりの場所としての海の終わりにいるのだった。海の終わり。ここは洞窟。ただしくは、わたしは海を終わりにしたかった。

海にしか答えがないことも知っていた。海よりさきへ行けば、町を出ていける。海よりさきにはわたしが見たことのないような光景が待っていて、その光景のなかには想像してもしきれなかった数々のことが詰まっているだろう。そのひとつひとつにわたしはばかみたいに驚くに違いない。輝いていた。輝きすぎていた。夜汽車は海岸線を行く。港町が点在しているのは灯りでわかる。それを縫うようにして、夜汽車は行く。やがて海底トンネルをくぐり抜けて、海よりさきへ行くのだろう。わたしを乗せていってほしかった、あのころ。しかしそれがじっさいに叶ったところで、どうだろう。海よりさきは、どうだったか。驚いたか？　輝いていたか？　もちろんそうではなかったし、海よりさきには、もっとさきがあった。もっと途方もなくさきがあった。そんなことよりもさいしょからわたしは精いっぱいだった。お金もないし、なにをどうしたらわたしはわたしを描くことができるのか、途方に暮れていた。単純にいって、わたしはもうつかれていた。イメージだけはある。しかしそのイメージに手を、伸ばせそうになかった。だから海を終わりにしたかった。なのでたとえばわたしは洞窟のなかにいた。満ち潮を待っている。

子猫が捨てられていたであろう、川の上流に佇んでみた時間があった。あれはたしか中学生のころ。あのころのわたしは、いつもどおり傷ついていた。そのときはそのときで、いままでいちばん傷ついているとおもっていたに違いない。いつだって、いままででいちばん傷ついていた。とにかく傷つく頻度がおおいから、もう傷つくことなんていつもどおりのはなしになってしまっていた。ていたけれど、いつも傷はあたらしいもので、それまで経験したことのないような傷だったから困り果てていた。前回とおなじように整理したって塞がらない。どうしようもなく、その傷を埋めあわすように佇んでいた。わたしを励ます言葉はなかった。音楽もなかった。しかし、いのち、というものがいとも簡単になくなってしまった場所に佇んでみると、不思議とすこし違った。ここで子猫は捨てられたのだろうとおもう。そして間もなく息絶えた。どうしてか、わたしは生きている。かろうじて、かもしれないけれど生きているとおもった。この場所で、だったらそうおもえた。あのころのことをなんて言おうかとかんがえるにあのころというのは、しゃぼんのころ、だった。とにかく不確かで、すぐにかたちがなくなってしまうような感覚だけを握りしめて、かろうじて生きていた。いや、呼吸をしていた。呼吸をするというのはたいへんなことだとおもう。生きるというのは、ただ呼吸をするだけなのに、つねに困難だった。このことを息苦しいというのだろうか。いや、そんな言葉も当てはまらない。生きることをやめたいというか、呼吸をすることをやめなければいけない。ただおもいだしてしまうのだ、あの日の呼吸。生きていたことをおもいだすことはない。けれども呼吸をおもいだすことはある。つまり、生きていたということになるのだけれど。そうはおもえなくて、やはり生きていたというよりも呼吸をしていた、というほうがそのとおりだとおもうのだった。そしてそれらの記憶をおもいめぐらせながら、たとえばわたしは洞窟のなかにいた。裸足で。おそらく血まみれで。満ち潮を待っていた。ずっと待っていた。終わりの海の、終わりをのぞんでいた。けれども、いつまで経っても満ち潮はやってこない。海も終わらない。ここにいたところで世界はなにも変わらない。しかし足はもう一歩だって動かない。涙も出ない。わからないけど、表情もないとおもう。見えているのは、ひかりのない暗闇だけだった。なにかを灯すちからも、もうのこっていなかった。

＊＊＊＊＊

目が覚めると、わたしはこないだ引っ越してきたばかりのアパートにいた。しみのついた天井がまずは目にはいった。見ていた夢はなんだったのだろう。なつかしいようなかんじもしたから、意味はわからなかったとしても、ほんとうはあの場所のことを知っているような気がした。なにかを待っていた感覚だけがのこっていた。夢の余韻はいつもすぐに消えてしまう。でもそれをこぼさないようにしばらく現実に戻らないような時間が好きだ。どっちに生きているかわからないともおもった。こっちが夢で、あっちが現実の可能性だってあるかもしれない。わたしにとってはあっちのほうが大切かもしれない。おとなになったら夢を見なくなるよ、と言われたことがあった。でもわたしはいつも見てしまう。そもそも、見ることをのぞんでいるのもあるし。夢のなかでかんがえていることが尊かった。それにさいきんは夢が夢にとどまらずに、夢に見たことを作品として描けるようにもなっていた。これはわたしにとって、とてもうれしいことでもあった。どう描けばいいのかわかるようになってきたことってたくさんある。あのかんじを演劇にしたい、というのは山ほどあったけれどおおくはできないままになっていた。でもさいきんは、それらに着手できているような気がする。こうすれば、この角度でだったら描けるかもしれない。言葉はこうかもしれない。音をつけるならば、灯りの当てかたで、これはこうなるかもしれない。こう、見えるかもしれない。というのがすこしだけわかってきたようにおもえた。それはなにかシステムみたいなものを得たわけではない。スタイルを確立したわけでもない。でもなんていうか、向き合いかたというか、じぶんというものを知っていく作業をじぶんのなかで練ることができ始めている。本を読む時間よりも、じぶんの記憶をめぐる時間がおおくなってきたようにもおもう。

しかしお金はとことんなかった。このアパートは風呂なしだし、和式便器だ。ゴキブリも出るし、それどころかながい枝みたいな虫も出るから、あのときは焦った。家賃は安いらしいけれど、払えないときもあった。光熱費も払えない。電気、ガスは基本的に止まっている。水道も止まることがある。そうなるとだれかにお金を借りるしかない。なにか食べるとかもあんまりできないときもあった。でもどうしてか、そういうあらゆることはあんまり気にならなかった。というよりも、わたしはつぎにわたしをどう描くのかだけに興味があったから、知らねーおとなになにをどう叱られたって、いや呆れられたって、ぜんぜん平気だった。それどころか、わたしはわたしがいちばん偉いとおもっていた。たしかに現在はこんなだけれど、いつかというか、もしかしたらあしたにでも、だれよりも稼げるようになっているかもしれない、というふうなことを本気でおもっていた。そしたらいつだって、なんだって支払ってやるよ、ってかんじだ。電気が止まって、ガスも止まって、銭湯へ行くお金もないときに、シンクにて冷たい水であたまを洗うときはきつかった。ついにはその水すらも止まったときに、アパートを出たところにある地面に埋めこまれた栓をこっそりゆるめたりもした。それを何度か繰り返していると、その頼りにしていた栓もだれかに鉄線で、プロレスラーの拳くらいぐるぐる巻きにされてしまって開けられなくなっていたときには爆笑した。そこまでしてわたしに水を与えたくないひとがいるのかとおもって。もうそういうのにはいい加減、慣れていた。じぶんが悪いのはわかっている。しかし反省する必要はどこにもなかった。じぶんのせいでもないような気がしていた。ひとはひとをひととして扱わなくなることもある。わたしのことをひとではないとおもっているひとは想像以上にたくさんいるのだろうとおもう。でもそれはそれでいい。わかりやすくていい。だったらわたしも、ひとのことをひとだとおもわなくていいわけだし。水の出る栓を鉄線で巻いている時間は、そのひとにとってどんな時間だったのだろうと想像すると、それはもう、それ自体が作品のようにもおもえてきて、おかしかった。

「才能についておもうことがあるよ。才能というのは、乱暴な言葉だとおもうんだよ。だって才能なんてほんとうはありえないじゃない？　なにをもって才能と言えるのだろう。だから才能があるね、だとか言われたところでわたしはそれには頷けないんじゃないかとおもうよ。というか言われたこともないからわからないんだけど」

「でも、それって、そう言われることを想定しているよね、さやかちゃん」

「ん」

「想定しているから、そのはなしをしているんだよね、才能って」

「や、意識はしているかな、才能」

「してるよね、意識」

「や、憧れるよね、才能には」

「うん、だろうね」

「でもそんなものがあってしまったら、ダメだともおもわない？　だってはなしにならないじゃん。才能、ってことで片づけられちゃうと、そこでおしまいっていうか」

「まあ、そうか。でも言われたこともないわけだよね、才能あるねって」

「ないね」

「じゃあいいじゃん、べつに」

「じゃなくて。あ、わかった、うーんと、わたしのはなしみたいにしたのがよくなかったのかもしれない」

「ああ」

「才能ある、って言われているひとたちのはなし」

「ああ、つまり才能あるって言われているひとたちが気に食わないと?」

「まあ、そうだね」

「だよね、だからだよね」

「だからなんだけど。うーんと、たしかに才能っていうのは便利な言葉かもしれない」

「うんうん」

「そう言ってしまえば、そうなんだろうし。というか、才能とかじゃなくない? っておもうんだよね」

「才能とかじゃなかったら、どうなの」

「たぶん、みんなスタートはおなじなんだよ。だいたい生きているだけでつらかったり、なんだりしながらみんな生きているわけだし。でもそれをどうするかなんじゃないかな、とさいきんはおもうよ」

「どうするか」

「わたしにとってはどう描くか、ってことになってくるんだけど」

「じぶんのはなしを?」

「そう、じぶんのはなしを。事実をそのまま舞台に乗せればいいってはなしでもないこともわかっている。でもなにかを語るときに、かならずどう語るかって問題が出てくるわけだから」

「ははーん」

「その、なにか、を強めていくなかで、どうするかをかんがえるというか」
「なんとなくはわかるよ」
「だから才能っていうのはさ、言われたらおしまいというか、もう過去みたいな言葉だよね」
「才能があるね、というのは同時に、才能があったね、と」
「そうそうそうそう」

オーブンで焼いたチーズカレーがおいしいこの喫茶店にて、わたしのはなしを聞いてくれているこのひとは、わたしのつくる演劇よりもほかのだれかがつくる演劇によく出演しているひとである。わたしよりもツアーの経験が豊富で、旅先であったことをたのしそうに話してくるのだけれど、わたしはそれを聞くのがたまにつらい。わたしのほうがまるで劣っているような気持ちにさせられるときは、正直ある。けれども、だとしてもこのひとと話す時間はわたしにとってなによりも重要で、大切なことだった。わたしがわたしであることを確かめるために必要な時間だった。どうしてもわたしのできなさについて、言いわけすることもおおかったけれど、いつか見返してやりたいとつねにおもっていた。うん、ほんとうにつねにおもっていた。

18

「けれども一方で、演劇なんかやっている価値のない人間もいるじゃん」

「ああ」

「だってさあ、なんらかのかたちでお金さえ集めれば、劇場は借りれるわけだし」

「そうだよね」

「キャストにもスタッフにもギャラなんて払えないのに、演劇をやろうとする人間がいるじゃん」

「いるんだろうね」

「や、これはさやかちゃんには、ずっと話しているはなしだけど」

「はい」

「わたしはそういうことをしっかりとやることのできない人間を、才能だなんておもわないし」

「うん」

「おもうわけないじゃん、カスだとおもっているよ」

「カス」

「もっとカスだとおもうのはそんな人間を、才能だなんて言葉をつかって評価する人間たちだよね」

「そんなひと、いるんだね」

「つけあがるからやめろや、っておもうね。いますぐやめるべき人間にたいして、かろうじてつなぎとめるようなことを言ってんじゃねーよ、とおもうよ」

「そうなんだろうね」

「わたしはだから、そういう意味でもついていけるとおもえるひとの作品にしか出演しないよ」

「そうか」

「まずはお金がもらえるか、だし。そのうえできちんと評価されているひとのにしか出ない」

「ずっとまえから、そう言ってるもんね」

「だから、はっきりと言うと、さやかちゃんがつくる作品にもわからないよ」

「え」

「だってさやかちゃん、つらそうだしさ。本は読んでるのはわかるけど、お金がなさそうだし」

「うん」

「そういえば、こないだアメリカをツアーしたときもおんなじようなことかんがえたんだよね」


彼女はほんとうにこんな世界がこんな世界じゃなくなって、ほんとうにあるべき世界はほかにあるから、そんな世界に早く移行して、その世界にて俳優というものをやっていきたい、というような目をしていた。その目は、わたしなんかよりも具体的な目をしていた。彼女が演出家として慕っているのは、もちろんわたしではなかった。彼女は、一年の半分以上はツアーへ行っているのだけれど、その作品をつくっているひとのことを、彼女は演出家だとおもっている。わたしのことは、そういうふうにはおもっていない。なんかがんばっているひと、ってくらいにおもっているだろう。大学からのつながりさえなければ、彼女はわたしのことを、演劇なんかつづける価値のない人間だとおもっていたかもしれない。そうなのだ、彼女の言っていることは、すべてわたしに、わたしのはなしかもしれないと突き刺さってくる。だから彼女と過ごすのは、正直つらかった。才能という言葉をつかっていいのなら、明らかなことがあった。それは、彼女には才能があるということだった。彼女こそが、才能という言葉にふさわしいのではないかといつもおもっていた。彼女はお金のはなしをする。とにかくする。しかしわたしは、おもうのだった。彼女には才能があるから、お金にもこだわることができる。わたしは、お金にこだわることもできない。そこがひとつの境目になっているような気がした。ただひとつだけおもうことはあった。彼女の才能というものにいち早く気がついたのは、わたしだということだ。その彼女が言う、演出家ではない。彼女は、なんていうか、空間の細部にわたって浮遊しているなにか粒子のようなものをだれよりも早く捉えて、そしてそれを観客に気づかせることができるようなひとだった。彼女のことは、一八歳のころから知っている。わたしは彼女を見ていると、ただ見ているだけなのに、わたしがなにをどうやって描きたいかクリアになるような、そんな体験を何度もした。だからわたしがさいしょだとおもっていた、彼女は舞台のうえでしか生きることができない、生きるべきだ、と気がついたのは。しかしわたしはとにかく無名だし、彼女にとってわたしなんていうのはまだ、演劇なんかつづけていくに値する人間かどうかもわからないのだとおもう。彼女は、わたしがすすめた本は読まない。けれども、その演出家がすすめた本は読む。音楽も、わたしが聴いているのよりも、その演出家が聴いているのを。そして、ツアーから帰ってくると言葉が違った。彼女の口からこぼれてくる言葉が。それ以前はつかっていなかったような言葉が、彼女の口からこぼれてくるのだった。ツアー中に見たもの、聞いたことが、彼女の世界を形成しているようにおもえた。なによりも、舞台上で経験したことが彼女をつくっていた。彼女をつくっている要素のなかに、わたしはいなかった。どうしたって、わたしは彼女よりも、そしてその演出家よりも劣っていることは、もうわかっていたからいい。でも、つぎに彼女がわたしに言ったことは、どうしてもわからなかった。


「こないだ賞を受賞した作家がいたんだけど、知ってる？」

「うーん、知らない」

「そのひとの舞台に出演しないかとオファーを受けたんだけど」

「へえ」

「出てみようかな、とおもっているんだよね」

「え」

「なんかどういうものなのかも見てみたいし」

「それはなに、賞を受賞したから出演したいの？」

「え、そうは言ってないけど」

「賞を受賞すれば、じゃあ、出演してくれるの？」

「じゃなくて、三〇代の演出家の作品にばっか出演していないで、あたらしいと言われているひとの作品にも出てみようかなあ、っておもってるんだけど」

「ちょっと待って、どういうこと？　矛盾してない？」

「え」

「だってじゃあ、そんなの観劇に行ってりゃいいじゃん、なんでそんな興味だけで出演する、みたいなことをきめてしまうの。というか、さっき言ってたことはなんなの」

「でも、そのひとは才能あるんだとおもうよ」

「あるんだと、おもう？」

「みんながほめているし」

「そうなんだろうけどさ」

「これは、さやかちゃんのためでもあるんだよ」


そう言われた時点で、わたしは泣いた。とにかく泣いた。わたしのためでもある、ってなんだ？　わたしのためでもある、ほかの作家の作品への出演ってなんだろう。というよりも、さっきなんて言った？　あたらしいと言われているひとの作品に？　わたしは、じゃあなんなんだ。あたらしくないのか。わたしも二〇代なんだけど、わたしは彼女のそれにカウントすらされていない。や、彼女が言いたいことはわかる。彼女はたしかに、いろんな現場のはなしをわたしにしてくれる。いつかさやかちゃんもそういうふうになるのかな、ああいうことを言うようになるのかな、と。しかしそれはすべて、現在のわたしに足りていないことなのだった。とにかくわたしにはお金がないし、だれかをつなぎとめるだけのなにかが、なにもない。じつは、彼女だけじゃない。わたしの作品に出演しないで、二〇代のほかの演出家の作品に出演するひとが、さいきん増えていることにも自覚はある。わたしから、みんな離れていっている。

彼女は、なんでわたしが泣いているのかわからない表情をして。しかし、なんで泣いているのかわかっていたとおもう。ほんとうはわかっていることを、彼女は表情として隠すことができることを知っている。

「え、なんで泣いているの」

と、彼女は言うけれど。彼女はほかのひとのはなしをしつつ、ほんとうはわたしにいろんなことを伝えたいのだとおもう。たとえば、演劇なんて無理してつづけるものではない、とか。そんなこと、わたしがいちばんわかっているよ、とおもう。でも彼女だけじゃなくて、まわりのみんな、全員がわたしにそのことを伝えたいのだろう、とおもう。

じつは、そのさいきん賞を受賞した作家のことは知っていた。彼女には知らない、と答えたけれど、ほんとうは知っていた。去年の冬、渋谷の片隅にあるちいさな劇場で、わたしはわたしの作品を上演できることになった。その劇場は上演するには審査があって、それを通ったならば、劇場を借りるためのお金は払わなくていい。同年代の劇作家や演出家たちはもうだいたい、わたしの年齢よりまえにはその劇場で公演できていた。けれども、わたしにとってはうれしいことだった。その劇場というのは、わたしが先生だとおもっていたひとの劇場だったから。高校生のころに出会ったひとだった。高校演劇の審査員だったそのひとは、劇作家であり演出家であり、劇場を経営していたりした。大学の先生もやっていて、わたしはその彼がいる大学へ進学するために上京をした。しかし彼はわたしが大学二年生のときに、大学をやめてしまう。それ以来、彼には会っていなかった。やっと、彼の劇場で公演ができる。何度も審査に通らなかったけれど、やっと通った。あの劇場で公演をするということは彼が観にきてくれるだろう、そうおもっていた。わたしだけじゃなくて、出演しているみんなも、だいたいはわたしとおなじ大学に通っていたわけだから、彼が観にくるのではないかと緊張していた。何度もメールしたとおもう、忙しいという返信はあった、けれども観にきてくれるのではないかと、みんなで話していた。その公演の楽日の朝、劇場一階のエレベーターのまえで彼と、そのさいきん賞を受賞したという作家が会話しているのを見た。とてもたのしそうな様子で話しているのを。そしてエレベーターに乗り込むふたりを、すこしうしろから眺めていた。エレベーターの扉が無機質に閉まる。なんの声もかけることができなかった。あと一回、公演があるので観にきてください、と言えたならよかったのに。わたしの作品に出演しているみんなも彼を待っているのだし、わたしが彼に声をかけないでだれが声をかけるというのだろう。しかし声をかけることができなかった。けっきょく、彼はわたしたちの公演を観にくることはなかった。そしてその間もなくだろう、彼と話していたその作家が賞を受賞したのは。

わたしは泣きながら、彼女に言った。

「わたしは、すこし年上の作家みたく、公演をたくさん打つことができたりとか、賞を受賞できたりとかそういうことができる気がしない。でも、そうしないとひとが離れていく一方だ。わたしはもしかしたらアルバイトをして、そのお金で本を読んでいるだけの、ただのひとでしかないのかもしれない」

「ただのひとで、いいじゃん。えー、なになに、やめてよ、なに泣いてるの」

「ただのひとでいいじゃん、とあなたは言うけれど、ただのひとを、ひとびとは興味があるんですか。わたしはただのひとになってしまうのがこわい。ただのひとだと、ひととどう関わっていいのかがわからなくなるし。でもどうやら、わたしはただのひとなのかもしれない」

「いいんだよ、いいんだよ、ただのひとで」

「でもただのひとだったら、たとえば、ただのひとだしだれでもいい、ってことになるじゃん。わたしと関わる理由としては、たまたまちょうどいいところにいたから、ってだけになるじゃん。わたしはだれかにとって、特別になりたいし、特別じゃないと嫌だ」

「はいはい、なんなのその口調は」

「じぶんはつねにだれかにとって特別じゃなければ、どうやって生きていいのかわからなくなるよ」

「泣いたら、ぜったいそういう口調になるよね」

「わたしは、わたしがこの世界でいちばん若くて才能のある人間じゃなきゃ、許せない」

「それはあなたがこだわっているだけのことだよ」

「だれでもいいわたしにはなりたくない、わたしじゃなくちゃいけないというひとじゃなくちゃ嫌だ」

「わかったよ、わかったから泣きやんで?」

「わかってないよ! わかってないから、こうして泣くしかないんだろが!」

彼女のまえで泣いたのは、何度めだろう。冷えたチーズカレーがつらかった。なんだかんだで、どんなはなしでも聞いてくれるのが彼女だ。わたしは早く、彼女に見合った人間になりたかった。自信を持って彼女に、出演してください、と言うことができる人間に。それは到底叶《かな》わないこともわかっていたけれど、いつかどうにかそこまではがんばってみたいと、泣いたあとはいつもおもっていた。お風呂はなかった、まいにち銭湯へ通わなくてはいけない。銭湯へ行くために、リハーサルをすこし早く終わりにしなくてはいけないのも、めちゃくちゃつらかった。もうなにかとつらかった。どうしようもない状況のなかで、数カ月に一回、ほそぼそと作品をつくっては、だれにもなにも言われない何年かを過ごしていた。

＊＊＊＊＊

初めてギャラというものをもらえる仕事のはなしがやってきたのは、わたしが二五歳のころ。それは公演をしてもらえるお金ではなかった。そのころはまだなにもかもじぶんで払って、公演を成立させていたし、公演ではとてもじゃないけどお金は出ていくのみだった。初めてお金が発生する仕事、それはワークショップをしてくれないか、というはなしだった。ワークショップというものがどういうものか、というのはあんまりよくわかっていなかったけれど、でも興味はあった。そもそも俳優というひとたちってなんなのだろうと疑問を抱いていた時期でもあったので、いろんなひとに出会ってみたいというのもあって、その仕事は引き受けようとおもった。どういうひとたちがわたしのワークショップを受けてくれたかというと、若いひとはわたしよりも年下のひと、そして七〇代くらいまでのひとたちだった。いまおもいだしても、あのワークショップはたのしかった。発表会をする会場を選びにいろんなところへ足を運んだり、参加者のみなさんのはなしをじっくり聞いてみたりして、とにかくとてもたのしかった。一週間くらいのワークショップを経て、翌日が発表会ということで、すこしずつ緊張感も高まるなか、リハーサルが行われている会場へ移動しているときのことだった。八王子駅だった。中央線から、横浜線へ乗り換えをして、電車の車内で発車を待っているとき。おおきく揺れた。さいきん、すこしおおいなあ、とおもっていたことをおもいだした。とにかく、おおきく揺れた。車内にいたひとたちは驚いて、慌ててプラットホームへ出ていくひともいた。わたしはといえば、一刻も早くリハーサルを始めたかったので、そのことばかりかんがえて、焦っていた。

19

春がもう目のまえの、そんな季節だった。

初めてその学校を訪れたのは、もう夏が終わるころ。校舎の半分が半壊していて、立ち入り禁止になったままの教室や廊下がまだいくつもあった。あの地震があったからわたしはここへ来たわけではない。この学校には演劇コースというものがあって、なのでもちろんそこには演劇の先生がいる。その演劇の先生はわたしがつくる演劇を観にきてくれていた。ちいさな劇場、というかギャラリーとも言えてしまうような発表の場を満席にできるくらいにはなってきていた。五〇〇人、一〇〇〇人とわたしの作品を観にくるひとは増えていた。そうなると演劇の仕事、それだけにとどまらずいろんな原稿の依頼や取材など、そういう仕事のはなしを持ちかけてくるひとが客席のなかにはいるのだと知ることになる。そのなかのひとりがその、演劇の先生だった。福島のいわき市にある高校の先生だという。高校生と演劇をつくってくれ、だなんてわたしに？　とさいしょはおもったのだけれど、しかしやがてつづけているとこういうはなしって舞いこんでくるのだろうな、と予想はしていた。でもなんていうか、高校生と演劇をつくりました、とかいうのは聞こえはいいかもしれないけれど、わたしはすこしそういう見えかたって苦手だな、というか面白くないな、とおもっていた。だってわたし自身、一〇歳だったころから演劇に触れていて、つくるということにもそのころから関わっていたつもりだし、だからそのころのわたしは言うだろうとおもう、よそからやってきた知らないやつがわたしたちがつくった作品のことをとやかく言うのだとしたらそれは許せない、と。プロの演出家と高校生が、というふうに見せたい気持ちというのはすこしはわかるけれど、そもそもわたしってプロなのだろうか、ともおもっていた。まだアルバイトもしているし、演劇でお金をもらったこともなかった。それと大学にいたころに違和感を抱いていたのは、大学生と演劇の授業をしている熱心なかんじの先生たちって、ここに来る以前に作品活動はどうなっているんだろう。もしかすると、作品活動だけではどうにもこうにも苦しいから、貴重な時間を割いてまでして、大学なんかに足を運んで、学生といいかんじに演劇つくったり、ときには学生との恋愛をうわさされたりしているんだろうな、と。かなり冷めた目で講師たちを見つめていたタイプだった、わたしは。だから戸惑っていた。わたしなんかが、高校生と演劇をつくるということに。いくらそれが仕事になるかもしれないとはいえ、いいのだろうか。わたしはわたしの作品のことを、まずはまっさきにかんがえたほうがいいのではないだろうか。東京以外の地方へ行って、ワークショップという名のほとんど説教に近い集会を偉そうな顔して開催している胡散臭《うさんくさ》いオトナなんか、山ほど知っている。けれどもわたしもそれで言うところの地方出身なので、そういうのに参加してしまうひとたちの気持ちが痛いほどわかる。東京から来た、というだけで藁《わら》にもすがりたいようなそんなまなざしになってしまう、あのかんじ。わたしは、どうなったとしても、ああはなりたくない。この世界には、尊敬されたいとおもっているひとって案外たくさんいるのだとおもう。わたしは尊敬されたくなかった、だれにも。どうしてじゃあ、こんなわたしがその高校へ行くことになったかというと。その演劇の先生というのが、これまで勝手に抱いていた「先生」と呼ばれるひとたちとすこし違う言葉を持っていそうだったからである。あれはだから、あの地震がある何ヵ月かまえのことだ。わたしの作品の終演後のロビーにて、わたしはその先生と初めて出会った。そしてわたしの目を見て、「わたしが勤めている学校の、一〇代のみんなと会ってほしいんです」というようなことを言った。会ってほしい？　とても不思議な言葉だとおもった。しかもそれがどうしてか、スッと聞こえた気がした。すこしかんがえさせてほしい、とはおもったけれど、なんかこのひととの仕事ならだいじょうぶなような気がしたので、数日後に引き受けることにします、という内容のメールを送ったとおもう。そしてその数カ月後に、あの地震が起こったのだ。

わたしは、初めてギャラというものをもらえる仕事をしていた。それは作品でもらえるお金ではなくて、ワークショップの仕事だったのだけど。三月だった。予定されていたワークショップの発表会は一カ月延期されることがきまった。連日、テレビに映るニュースを見ていて、もちろんのことのようにわたしが行くことになっていた高校のことが気になっていた。まだ出会ってもいない一〇代のみんなのことが。あの先生とも、いちどしか会ったことはないけれど、会ってほしい、という言葉も憶えていた。どうにか行けないものか、と何度もおもったりもしたけれど、行ってもどうしようもないことも知っていた。それから四月、五月と過ごして、夏に差しかかるころ。ふたたび、先生から連絡があったのだ。すこしさきになってしまうのだけれど、来年の一月を目指してみんなと関わってくれないか、というかんじの内容の。わたしは、緊張はしたけれど、その連絡を待っていたようにおもった。連絡を待つなんてことはあんまりしないわたしなので、そうやって連絡を待っていたじぶんにも動揺しつつ。そして初めてその学校を訪れたのは、もう夏が終わるころ。わたしはアルバイトをやめることができていた。フェードアウトしたみたいにして、あまりいいやめかたではなかったけれど、お金をもらえる演劇の仕事やそれ以外のこまごまとした依頼を引き受けたなら、それらをこなすだけではやっぱりダメで、打ち合わせとかそれに費やす時間というものもかなりあるのだな、とこの半年間くらいの短期間で急激に知ったので、やめますということをアルバイト先に言いに行ったり、連絡する余裕がぜんぜんなかった。そんなこんなで、東京での現実がいままさにごちゃごちゃになったままのそんな身体で、福島のいわき市へ向かった。バスで。なんでかわからないけれど、いつだったか乗った深夜バスの窮屈さはそこにはなかった。というよりも、身体がそこにあっても、あたまはそこにはなかったのだとおもう。ここ何ヵ月のあいだで、あたまのなかに湧いていたイメージの断片をゆっくりとつなげていくような時間だった。

校舎の半分が半壊していて、立ち入り禁止になったままの教室や廊下がまだいくつもあった。校舎の裏は崖で、そのほとんどの面積は崩れたままになっていた。演劇の先生はわたしを案内しながら、たまに涙ぐんでいた。その理由はわかるけれど、同時にわたしはその日、この土地にはいなかった、とおもうのだった。連日、新聞やニュースではまだまだいろんなことが騒がれている。デモがあったり、東京から離れるひともたくさんいる。言葉のかんじも、それ以前と以後でまるで変わった。はっきりとどうすべきか、どうすべきでないかを語るひとが増えてきたとおもう。それはそうだとおもう、事実としてこの土地からも離れたひとはたくさんいるだろう、そしてまだ帰ってきていないひともいる。帰らぬひともいる。しかしそのことがそうであるように、生きているひともいる。この土地にのこって、日々を過ごすことをやめないひとたちもいる。やめるかどうかというか、離れるという選択肢さえもないひとだっている。わたしはあの年、あの日を境にしばらく、はっきりとした違和感としてかんがえていたことがあった。ひとがどうするべきか、をひとが語るというのはどういうことなのだろう。ひとがどうするべきかは、そのひとがきめることであって、もしくはきめるかどうかもきめることができないひともいるのであって、ひとがひとというのはどうするべきかということは語れないのではないのか。そんなことも言ってられない状況がたしかにあるのかもしれないし、あったのかもしれない。けれども、ひとがひとのことをどうするべきか、どこにいるべきか、いないべきか、だなんて言えてしまうのはどうしてだろう、とわたしはかんがえていた。わたしはその日、この土地にはいなかった。いろいろかんがえめぐらせていたことは、すべてあたまのなかでだけそうしていたことに過ぎなかった。ここに来て、初めて身体でかんがえ始めたような気がした。しかしそれはとても遅かった。ひとはどこまでも、ひとと無関係でいることができてしまうのだな、とおもった。あらゆるかなしみが、たとえば現在この瞬間にだってあるというのに、わたしはといえばあたまのなかでうすっぺらな想像しかできずにいるのだ。演劇の先生が涙ぐむたんびに。それはすべてわたしに返ってくるのだ。わたしはなにも知らなかった。そしてこれからも知らないままでいることを、無意識のうちにこうやって放っておいてしまえるのだろう。

数分後に授業が始まる。それからお昼まではわたしとみんなの時間らしい。一〇代のみんなはどんな表情をしているのだろう、そしてわたしはどういう表情をするのだろう、とやはり想像した。想像することしかできなかった。

＊＊＊＊＊

みんなというのは、それはそれはとてつもなく元気な、元気すぎるくらい元気なみんなだった。いろんなはなしをしてくれるのだけれど、基本的にはどれもくだらなくて、オチもないようななんでもないはなしの連続で、つっこむにもつかれてしまうので、何度かつっこむべきところをつっこまなかったりしたくらい、どうでもいいはなしをとにかくした。東京からやってきたわたしに、へんなまなざしはなかった。その靴下はキモい、とか容赦がなかった。でもたしかに一〇代のころなんて、こんなかんじだったのかもしれないし、わたしが二六歳で、みんなは一六歳とかだから、一〇歳も違えばいろいろ違うんだろうな、とかおもっていたけれど、そんなに違うこともないのかもしれないともおもった。そういえば学校という場所に足を運んだのはいつぶりだろう、とおもいだしてみた。大学とかはいわゆるこういう校舎ではないので、単純に高校生ぶりとかかもしれない。クリーム色をしたカーテンがおおきく揺れるのをひさしぶりに見た。廊下のにおいも、下駄箱が近づいてくるとほこりっぽく感じるあのかんじも、とてもひさしぶりに感じた。水道の蛇口から、直接水を飲むみんなを見ていると、ああそうだったよなあ、だなんて。わたしもずいぶん歳を重ねてしまった。

ここに滞在している最中は、できるかぎりみんなとおなじ時間を過ごしてみようとおもった。朝は早起きして、みんなと登校しよう。朝から教室をとにかく雑巾がけするみんなを見る。ホームルームの最中は、先生とお茶をする。ホームルームから帰ってきたみんなと数時間、演劇のことをかんがえる。お昼休みはみんなとお弁当を食べる。食べ終わると、校舎のまわりを散歩する。

それからは部活が始まるまでは、みんなは演劇ではないふつうの授業なので、それを数時間かけて待つ。みたいな。

　みんなのなかにはまだ仮設住宅に住んでいるひともいた。避難所で過ごした日々のことを笑いながら話すみんなのなかで、あまりそこではなにも言えないじぶんがいた。わたしんちはオール電化だったから、とか言うひともいて、おまえなんだよ、とみんなに非難されたりする時間は、いまおもえば貴重な時間だったとはおもうけれど、みんなみたいには笑えなかった。とにかく食べ盛りのみんなはお弁当だけでは足りないらしく、食べ終わるとすぐに持ってきていたお菓子を開け始める。円座して、地べたでお弁当を食べているのだけれど、食後のお菓子がとにかく何周にもわたって、わたしのところへ届くのだった。わたしはもうお腹いっぱいだから、もう食べれないので、お菓子はそんなにもらわずにいた。そうすると、あるひとがわたしにこう言った。

「だいじょうぶですよ、そのかりんとう、福島県産じゃないので」

　そう言うと、かりんとうがはいった袋の品質表示の欄をわたしに見せてきた。

「ううん、そういうんじゃなくて。おなかいっぱいなんだ。ありがとう」

　わたしはそう言うことしかできなかった。そしてその数分後だったとおもう。なんとなくいろんなはなしの流れのなかで、海のはなしになった。それは震災とは関係のない流れのなかで、海のはなしまで辿りついたとおもうのだけれど、あるひとがすこし間をあけて、でも冗談を交えた様子ものこしつつ。

「海なんか、わたしは二度と行きたくないとおもうけどね」

と、そう言った。そのあともいろんな話題が笑い話としてつづいていくのだけれど、わたしはその言葉を目のまえになにも言えなかったということばかりが、内側でうずまいた。というよりもやるせなくおもった。それはオトナとしてではない。あのころのじぶんだったら、とじぶんをみんなと重ねたのなら。みんなにそう言わせてしまっているものというのは、どういうものなのだろう。

お弁当の時間が終わって、みんなはふつうの授業へ戻っていく。わたしは放課後まで待つだけなので、すこし学校のそとへ出てみようとおもった。だれにも告げずに、海まで行ってみようとおもった。

＊＊＊＊＊

海まで辿りつくと、そこはやはりただの海だった。きのうもきょうも、ずっとこの海だったよ

うな海だった。真っ昼間の灯台が見える。なにか灯りをちかちかと点滅させて。

わたしはもちろんのようにおもいだしていた、あのころの海を。海を越えるとそとの世界へ辿りつけると、放課後はよく砂浜へ足を運んだ。西の空だった、そこへ落ちていく夕陽を眺めていた。オレンジ色に染まる、あのころのビーチ。海からさきがあるとおもっていた。海というのはそういう場所だとおもっていた。この場所から海はいつか、わたしをそとへ出してくれる。けれどもさっきのあの言葉というのはなんだったのだろうか。もう二度と行きたくない、とだれが、なにがそう言わせているのだろう。とても混乱していた。

そういえば、みんなのなかに洋子ちゃんというひとがいる。洋子と書いて、ひろこと読む。さいしょは、ようこと読んでしまったので、ひろこって読むんだね、というはなしから、どうしてこの漢字なのかというふうになったときに、それは太平洋の、洋だと説明してくれた。広い海のように、だそうだ。わたしはかんがえていたし、重ねていた。あのころのじぶんとみんなを。そしてやはりこれらはすべて、演劇であり、作品なのだということ。だれがどう言おうと、これはすべていつか演劇になり、作品になる。ほんとうだったはなしも語り継がれていくうちに、やがてそうなってしまうのだ。ようは、それをどうするかだとおもった。なにを、どう語るか。わたしはいよいよ、なにも影響を受けていない。受けているのだとしたら、それは時代にだけ。時代にだけ、影響を受けているのだった。

＊＊＊＊＊

「さいきん、なんか——忙しそうじゃん、演劇」

「ついにやめたしね、バイト」

「おお——うわさで聞いたよ」

「まだまだ、バイトよりは稼げないけどね」

「しかし、お金というより——あっちこっち行ってるさやかちゃん、いいよ？」

「いいとかはわからないし、めちゃくちゃきついけどね」

「めちゃくちゃきついとかも、いいよ？」

「うーん。ただ、なんていうか——どうしたらお金になるか、とか」

「うんうん」

「そればっかりかんがえていた時期から、すこし抜けた感覚はある。なんていうか——こないだ、じぶんの演劇が、やっと——なんていうか、じぶんじゃないだれかに手渡されたような——そんな感覚があった。それはさあ、わたしよりずっと年齢が若いみんなと過ごした時間があったから、っていうのはあるんだけど——だからといって、わたしは教育をやりたいわけではない、ないのだけど——東京だと、どう売れるか。お金になるか、って視点がすくなからず——その圧があるわけなんだよね、なにをするにしても。でも、こないだのその経験では——そんな圧がすこしもなくて、なんかただじぶんがおもっている表現が——その純度を保ったまま、みんなの手に渡ったかんじがしたんだよね」

「なるほど――聞いているだけじゃわからないけれど、そうだったんだね」

「わたし、演劇がずっとつらかったんだ、ってことも同時におもったよ」

「ふーん」

「あ、そうそう――こないだね、眠っているはずの父さんから手紙が届いたんだ」

さやかへ

二〇〇四年三月一九日、さやかは北海道伊達紋別を東京に向けて出発した。演劇に夢を求めての東京行きである。

あれから、けっしてたのしいことばかりではない状況のなかで、さまざまなひと達に出会い、あたらしいじぶんを発見しながら夢を追いつづけているようだ。

いつか、「もういちど、あたらしい友人を連れて、観にきたいとおもえるような演劇」を、さやかは一生に一本つくることができるのだろうか。

こんなことをかんがえながら、さやかが故郷で、一〇代から八〇代までのひとが感激できるような作品を上演する日を、父は夢見ている。

「まあ――余計なお世話だよ、っておもったよね」
「なんでそういうふうに言うんだよ」

20

あまりになんだか満たされていなくて、町をだらだらと歩いているだけの何カ月間か、というのがあったとおもう。それでその何カ月間かのあいだの、ある夜のことをおもいだしている。つくっているものについても、じぶんはどうしてこれをつくっているのだろうとよくわかっていなくても、まあつくれてしまうのだった。それがとても退屈だった。あたりまえのように締め切りというのが訪れることにも飽きてしまっていた。だいたいこうしたらこうなるというのがわかってしまっているじぶんがいる。しかしそれでも、そんななかつくってしまったものについて、足を運んだひとたちのほとんどは、今回のもよかった、と評価するだろう。そういうのもなんとなくもう、面白くなかった。同時にぼくのことを嫌うひとも数年前にくらべたら、かなり増えたとおもう。ぼくなんかこの世界にいなければいい、いなければよかったというふうに嫌悪するひとたち。ぼくという存在自体を、なんかそういうふうに。

「それはただの妬《ねた》みだとおもうし愚かしいよね、なにか言いたいなら直接言いにくればいいとおもうよ、ひとに言えないことを陰で言うなんて、やっぱり卑怯だとおもうんだよ。ぼくより年下もおおいけど、年上もおおいよね、ぼくのことをなにやら言いたげなひと。ぼくのことをかんがえて腹立つ暇があるのなら、その時間をつかって、つぎなるなにかを書けよ、つくれよ、とおもうよね。京都とか大阪あたりにもおおいらしいよ、ぼくのことをなにかおもってるひとって。すこし年上くらいの。あ、九州でも聞いたし、新潟でも聞いたな。新潟なんか、だってたまたまはいった居酒屋のとなりの席で、ぼくの悪口言ってたからね。だれだよ、っておもってその席に、藤田です、って顔を出したら、みなさんだれなのか知らない中年の方々だったね。地方で作品つくってる胡散臭いやつらってあいかわらずいるよね。まあ、そういう類のひとというのは、ずっとむかしっからそうなんだろうけど。そしてきまって地域に根ざすみたいな言葉をつかいますけど、それってやっぱりじぶんの実力のなさについてのただの言いわけに過ぎないよね。ぼくもああなる可能性ってあったのかな。いや、ないとおもいたいね」

「うん、きみはないだろうな」

「うん、きみね。きみはないね、ないだろうね、おそらく」

「うん」

「そうそう、匿名でさあ、なんか言ってくるやつらとかさあ、あれとかはほんとうになんなんだろう、ってさすがにおもうよね。だってこっちはさあ、実名で、顔出して、つくってんのにさあ。言うからには名乗ってからにしてほしいし、なんなんだろうなあ、マジで。やっぱり匿名でこられると、こっちが弱いということに気づかされるよね。だってあっちはいつだって名前のない世界に逃げこんでいいわけだからさあ。しかしそこまでして、ぼくのことをそんなに言いたいかね。

わからないんだけど」

「うん、だね」

「いま言ったことのなによりもよくないとおもうのが東京なんかにいるにもかかわらず、面白くないひとたちだよね。若くもないのにね、まだ若いみたいにおもっていそうなひとっているじゃん。自覚がないというか。そういうのもふつうにさむいし。若手みたいなひとたちに慕われているかんじをアピールしているわりに、なんにも面白くないとかはほんとうに吐き気がするほどだよね。それは作品について、ああだこうだ言うひとたちのなかにも何人かいるよね。専門的なふりして、無駄にえらそうな。若手を発掘してやっている、みたいな態度の。くだらないよね。きまってそういうひとたちって、なんらか権限を持ちたがるんだよ。ああいうひとたちがいるから、この世界は古いとか近づきにくいとかおもわれて、避けられるんだよ、とおもうわ。ああはなりたくないとおもうひとばっかりだわ」

「うん、ならないよ」

「つまんねー」

「だね」

「うん」

「でも、気をつけてね」

「なにに？」

「きみのことだから、だいじょうぶだとおもうけど」

なんとなく、気をつけなよ、みたいに注意されることも増えた気がする。冗談だとおもうけど、夜道は、とか。うしろから刺されるよ、みたいな。

ぼくのことを、きみと呼ぶひとは、ぼくよりも一〇歳くらい年上なのだとおもう。年齢のことは聞いたことがないからわからない。あの時期、何度か食事に行ったのを憶えている。ほかにも、連絡をとりあっているひとは何人もいた。それぞれどうして、どうやって出会ったのかいちいち憶えきれないほど、あのころはとにかくなにかの仕事のつながりで、どこかの飲み会で偶然同席したとかなのだろうけれど、いろんなたくさんのひとたちと出会った。あのころのぼくは、その出会ったひとのほとんどにじぶんの連絡先を教えていたから、毎晩と言っていいほど、打ち合わせなのかなんなのかわからないけれど、夜に連れだされていた。もちろんみんなぼくよりも年上のひとたちだ。ぼくと話すことで、それを仕事につなげたいとおもっているひともいれば、そうではないひともいる。けれどもひとつひとつがチャンスだとおもわないといけない。だからいつだって試されているような気がしていた。どこかに属しているわけではないぼくは、ぼくだけで作品をお金にしていくしかなかったから、面白いとおもわれなければそれで終わりだ。彼ら、彼女らにとってぼくみたいなのはほかにもいくらだっているのだろうし、とにかく印象にだけはのこりたかった。そうなると、自然と発言はおおきくなっていく。取材を受けるときも、打ち合わせの場でも。こういう食事のときも。

「じゃあ、また」

「はーい、また連絡するね」

　ぼくのことを、きみと呼ぶひとと別れて、夜の渋谷。終電まではまだなので、もう一杯飲もうかどうか迷っていた。あまりになんだか満たされていないのは、なんでだろうか。坂のおおい街をだらだらと歩いていく。目に映るのはほとんどが汚物とされるものばかりだとおもった。路面の端っこ、いたるところで吐瀉物《としゃぶつ》がきらめいている。ひとが寝そべっているすぐ横を、なにも気にしない様子でひとびとが歩いていく。さっき出会ったような男女は腕を組んで、ホテルへと消えていく。映画館に並ぶ列と、クラブに並ぶ列のひとのかんじって、たしかに似ていないんだけど、どちらもみんな表情がめんどくさそう。一致しているのは、退屈ということなのかな。家に帰るのでは、なんだかやりきれなかったから、列に並んでいるのだろう。ラーメン屋から発されるにおいがケモノのようで気持ち悪い。いったいこの街で、いまこの瞬間に、何万人が食べて、飲んで、排泄《はいせつ》して、セックスしているんだろう。そしてじぶんもそのなかのひとりだということなので、そうかんがえると気味が悪かった。つまりいくら飲みこまれないようにしていたって、いつのまにか飲みこまれているにきまっているのだ、この街では。真っ赤な吐瀉物を、いままさに吐いているひとがいる。首に巻いているせっかくの真っ白いファーが汚れてしまっている。となりでそのひとに罵声を浴びせるオトコがいる。「つかえねーな、きもちわりー」と怒鳴っている。こんな季節なのに半そでのTシャツ、ギラギラした箔《はく》がおされている。スキニーパンツにセカンドバッグ。めちゃくちゃ嫌なかんじなので、めちゃくちゃに殴ってやりたいとおもう。めちゃくちゃに殴ったあとに、あの吐いているひととすこしはなしがしたい、なんて想像をしてみる。そのひとは吐きながら、携帯電話の画面をミラーにして、歯のあいだにはさまっているなにかを爪で取り除こうとしている。この状況でそういう所作にいたるなんて。どういう現実を彼女は生きているのだろうとおもうのだった。そんな街を歩いて、ひとりですこし飲めるような、しかも敷居が低いかんじのバーに辿りつく。もちろん初めてはいるところなのだけれど、ぼくよりも若いひとたちで溢れかえっている。そう、ぼくもぜんぜん、若いなんてことはなくなってきている。いるだけでそうおもうことになる場所が、こういう場所が増えてきているよなあ、とおもいながら。サッカーの試合が映るテレビを眺めながら、ビールを飲んでいると、となりにいるひとに話しかけられる。

「ひとりですか」

「ひとりですね」

「へえ、サッカーとか好きですか」

「ぜんぜん知りませんね」

「へえ、変わってますね」

「変わってますか」

「変わってますよ、だってここってサッカーが好きなひとが飲む場所ですよ」

サッカーが好きなひとが飲む場所。そんなところがあるなんて、初めて知った。だれでも飲んでよくて、偶然、サッカーの映像が流れているのではなかったのか。ぼくはサッカーのルールもろくに知らない。まあいい。てきとうに飲んだあとに、帰ろう。とおもっても、そのひとはぼくに話しかけるのをやめない。しかしこういう状況というのは、あんまり新鮮なことでもなかった。ぼくはよく女性に話しかけられるし、女性に食事に誘われる。ぼくはそのこと自体は嫌だとはおもわないのだけど、ぼくのなかでは食事をする以上の目的はないにしても、そのひとの目的のなかにそれ以上のことが潜んでいる場合が意外におおくて、それは単純にこわいなとおもっていた。痛い目にあったことも何度もある。このひともそんな気がするのだ。この状況はかなり不利だし、きびしい。なにかが起これば悪いのはぼくということになるわけで、そうなったらもうどうしていいかわからない。しかしやはり予想というのは的中するのだった。

「おまえ、だれと喋ってんだよ」

「だってあんたと飲んでてもつまんないんだもん」

「あ?」

「おなじはなしばっかでさあ」

「てめーもなんで、喋ってんだよ」

「はあ、すみません」

「すみませんじゃねーよ、てめー」

「もうやめて」

「やめてじゃねーし」

「もういいよ」

「どっちから？　どっちから話しかけたんだ？」

「え？」

「えっと、ああ、じゃあぼくからです」

「じゃあ、ってなんだよ」

「いや、あの、ぼくからです」


　というふうに、やはりこのひとには彼氏のような存在がいたのである。しかもトイレに立っただけの彼氏が。こういうことによく巻きこまれるよなあ、とおもう。なんでかはわからない。厄介なことはできれば避けたい。

　トイレから戻ってくるなり、かなりの勢いで怒っていた彼に、一発くらい殴られたり、たとえばこのあと店のそとに出てケンカでもするのかな、とすらおもっていたけれど、案外すんなりその彼の怒りというのはひいていき、あっという間にそのひとと彼は仲よさそうにお互いの腿《もも》に手を置いて話している。ぼくはといえば、ほんとうにこの時間ってどういうことだったんだろうな、ということでビールを飲み干して、店を出て。電車に乗って、最寄り駅まで帰った。あまりになんだか満たされていなかった。車内にて、季節はずれの蠅《はえ》が腕にとまったのを、ジッと見つめてしまった。そういえば、あらためて、ぼくにはなにもないなあ、とおもった。作品をつくるひと、というふうに認識されているのかもしれないけれど、そのつくるという作業も、ひたすらに退屈だとおもってしまっている。だとしたら、じゃあ、何者でもないではないか。この蠅が、ほかの何者でもなく、いのちがもうそろそろ終わってしまうただの蠅でしかないように。ぼくも特別ななにかではなく、ひたすらにただの人間でしかないのではないか。さっき話しかけてきたひとが「つまらない」と言っていた具体的な理由はよく知らないのでわからないけれど、「つまらない」というのはああやってだれもが抱いているように、ほんとうにそうなのだとおもった。「つまらない」になにもかもが当てはまっていく。

自宅の最寄り駅まで辿りついて、改札を出たところで、フードをかぶったひとに話しかけられる。

「藤田貴大さんですよね」

「え、ああ、はいそうですが」

「あの、おれ、おれは、〇〇とつきあっているのですが」

「〇〇?」

始めはピンとこない名前だったけれど、徐々にだれなのかわかってきた。

「○○と、よく飲んでいるみたいじゃないですか」

「そうですね、飲んでいる、かもしれませんね」

「かもしれない？」

「すみません、ちょっとはっきりとしなくて」

「それで、○○が、藤田さんのことが好きだと言うんですよね」

「え、あ、そうなんですか」

「それってどうおもいますか」

「どう？　いや、わかりませんね」

「ただ好きになるってことはありえないとおもうんですよ」

「そうなんですね」

「藤田さんからもなんらか、アプローチがないと」

「え、ないとおもうんですけどね」

「でも、メールとかしたでしょう」

「ああ、したんですかね」

「いや、おれ、メール見てるんですよ」

「ああ、そうなんですね」

「や、明らかに、なにかおもわせてるでしょ、あなた」

「そのつもりはないんですけど」

　フードを外さずに、しかしくちびるがふるえているのがわかる。ポケットの深そうなコートを着ているし、ナイフでも持っているかもしれない。殺されるかな、とおもった。


「藤田さんね、おれ、藤田さんよりもけっこう年上なんですけどね」

「ああ、そうなんですね」

「あなたの作品、おれがさきに観てたんですよ、彼女よりもさきに」

「ああ」

「それで、おれがすすめて、彼女も観にいって」

「なるほど」

「おもってたよりもずっと、ひととしてカスですね」

「え」

「ひとっていうか、人間として」

「はあ」

「死ねっておもいますよ、マジで」

　ほんとうにぼくはひとによく「死ね」と言われるよな、とおもった。そして発見だったのは、

「ひと」と「人間」の違いだった。ぼくはそうか、「人間」としてカスなのか。


「でも、なんにもないですよ、その○○さんとは」

「そういう問題じゃないんだよ」

「まあ、そうか」

「あなたの、その態度なんだよ」

「しかし、わざわざ、ぼくの最寄りの駅まで来るんですね」

「は？」

「すごいっすよね、そういうのって。ぼくにはできないですよ」


いいんじゃないですか、だから。とおもった。あなたたちはおそらく、満たされているんだよ。恋だの愛だのに、こうして時間を割けるくらい、あなたたちは満たされている。ぼくのことをカスだと言うのだから、ぼくよりはカスではないのだろう。とてもいいじゃないか、それで。


「でもさあ、ぼくのことを恨んだり、そういうのはいいけどさあ、ぼくの作品のせいにするなよ」

「え？」

「知らねーよ、とおもうよ。どっちがさきに観たとか、そういうのも」

完全に逆ギレしてしまったりもしたけれど、駅からすこし出たところにある広場で一時間くらい話しあって、そのあと彼がタクシーに乗りこむまで見送ってから、帰路についた。

ひとというか、人間としてカスだと言われたことがあたまのなかで繰り返されていた。そうかもしれない、とおもった。ぼくは、すぐにだれかのせいにするけれど、ほんとうはすべて、退屈なことも含めて、すべてじぶんのせいにしたかった。じぶんのいたらなさをもっと知りたかった。どうすればこの退屈が埋まるのか、だれかに頼らずにかんがえてみたい。けれどもそれがうまくいっていない。

＊＊＊＊＊

アパートのまえに、一匹の猫がうずくまって、鳴いている。というか唸《うな》っている。このへんでよく見る、しかしさいきん、ここ何カ月か見ていなかった野良猫であることはすぐにわかったのだけれど、様子がおかしい。どうしたのか詳しく見つめてみると、片腕がなにかヘンだ。つながっていないというか、ぶらさがっているというか。

21

夜もだいぶ遅かったから、街灯に照らされているだけでよく見えなかった。しかしこっちを見つめて唸っているのはわかった。おなかを空かせているのもわかったけれど、とにかくのどが渇いているようだった。いったん部屋に戻って小皿にミルクを注いで、持っていく。すると近づいてきて、勢いよくミルクをすべて飲み干した。そのときにはっきりした。片腕がなにかヘンだ、ということ。つながっていないというか、ぶらさがっているというか。ただしく歩けていない。それにものすごいにおいを放っている。あらゆるものが付着してある程度の時間が経ったような、いや肉が腐りつつあるのだとおもう、血と膿《うみ》が混ざったようなにおいだ。暗いから、どういう色をしていていったいどうなっているのかということはわからない。ただ「どうかしている」ということだけはわかる。前足あたりが「どうかしている」。こういう場合、どうすればいいのか。携帯電話をとりだして、とにかく検索をした。そしてこれだとおもったというか、これしかないとおもったのが洗濯ネットで捕獲するという方法だった。衛生的にもそれがいいと。しかし洗濯ネットにいれるときにとにかく野良猫に引っ掻かれたりするとたいへんだ、ということを書いているひともいる。ふたたび部屋に戻って、洗濯ネットをさがして。見つけて。数秒間、その洗濯ネットを見つめて立ち尽くしたけれど。しかしそんな場合ではない。ぼくにできるのか？　とかいう時間はない。どうやらこれは一刻を争うかんじだ。なのでまた、その猫のところへ。さっきのミルクじゃまだ足りなくて、なにかほしいという様子ではげしく鳴くし、唸っている。衰弱はしているようだけれど、体格がよい。近所のみなさんもかわいがっていた、あのおおきな猫である。けっこうまえから何度も見かけていたから体格がよいことなんてわかっていたつもりなのだけれど、いざこうして対峙してみると、こわい。もう、おそらくこれはめちゃくちゃにケガをしているし、ほとんど叫んでいるし、すごい異臭だ。とてつもなく「どうかしている」状況だということは夜の雰囲気もあいまって、わかりすぎるほどわかったので、どうにかしなくてはと覚悟をきめて。洗濯ネットで、捕獲。チャックをなんとか閉めて、タクシーをひろって、夜間でも開けている救急の動物病院へ。タクシーのなかでおびえて唸る様子がせつない。動物病院に辿りついて初めて蛍光灯の白色のなかで、はっきりと猫の姿を見る。左の前足あたりの毛が、血と膿でもう固まってだいぶ経ったようで、においのもとはそこからだということがはっきりとわかる。なによりも目が興奮していて血走っている。数カ月前に見かけたときはあんなにおだやかにのどを鳴らしていたのに。診察を終えて、応急処置のようなものを施されても、猫はまだ興奮しているようだった。左前足は、もうほとんどダメだった。なにかによって砕かれた骨の継ぎ目は、もう乾ききっていたし、どうしたってつながる見込みはないらしかった。どうしてこんなことになったのですか、と訊かれてもぼくにはわかりようがなかった。去勢手術はされているらしいけれど、それでも野良猫なので、院内にいるほかの猫にも影響がありますしね、というようなことを言われたから、これは早めに病院をあとにするよう促されているのかな、とすこしかんがえてしまった。こういうことをこういうかんじで言われることってあるんだな、と初めて知った。そしてこのさき、この猫とどうすればいいのか、と一瞬あたまをよぎるが、そんな場合ではない。包帯を巻かれたこんな状態の猫をまたそとへ放つことなんてできやしないから、まずはひと晩は部屋のなかにいてもらうしかない。しかし夜が明けて、午前中にたしかどこかの新聞による取材とかそのほかにも予定がはいっていた。うーん、どうしよう、と帰りのタクシーのなかでかんがえる。猫はまた洗濯ネットのなかだ。唸っているし、身体を洗ってもらえたわけでもないから、においはそのままだ。車内はもちろんケモノのにおいが充満するわけだし、タクシーの運転手にも嫌な顔をされているような気がする。トンネルのなかのオレンジ色が鋭利に車内にはいりこむ、その連続が猫の顔をちょうど照らす。ぼくのほうを見つめる顔はオレンジ色に点滅しながら、色を失くしていた。時間もすこし止まってしまったようだった。なぜだろう、なぜだか音もない気がした。この猫と、東京を走っている。ひょんなことに、いっしょに走っている。不思議なことだけれど、どうしてか今夜、こうなるべくしてこうなっているようにもおもえて。何度も気持ちを持ちなおす。どうしようか、というようなかんじで悩んでいてはダメだ。これはたったいまここにしかない生命の問題であって、あしたをどうするかとかいう段階ではない。いまやるべきことはもうきまっているはずだ。部屋に戻って、でもしばらくは洗濯ネットのなかにいてもらい、部屋にあったありったけの段ボールを解体して、それをガムテープやらなんやらで切り貼りして、手づくりのケージをつくった。洗濯ネットのなかから、そのなかに移して。ひとまずはそこにいてもらうことにした。おそらく傷がうずくのだろう、そして慣れない環境におびえているのだろう。朝までずっと、猫は叫んでいた。

ひとつも眠れずに、取材へ向かおうと部屋から出るとアパートのまえに近所のひとびとが集まってなにやら話しこんでいる。深夜、猫の声が聞こえたわよね、だいじょうぶかしらと話しているのが聞こえたので、猫ならいまぼくの部屋にいて仕事から帰ってきたらまた病院へ連れていきますよ、と伝えた。昨夜は、腕が折れていたというか、もう切断されていて、しかもそれがつながることはないみたいだということも。するとそこへアパートの管理人さんがやってきて、わたしもちょうどそのことを気にしていたんですよ、と話し始めた。そこでわかったのが、近所のひとびとがかわいがっていたあの猫は、数カ月前から姿を見せなくなったのだけど、それには原因があった、ということ。原因というのは、散歩中のおおきな犬に噛まれて引きずりまわされた、というもの。それを見たひとがいるらしい。おおきな犬の飼い主はおそらく猫が嫌いで、ほとんどわざと野良猫をおおきな犬に襲わせていた、とおもっているひともいるとのこと。寝ているところをおおきな犬に襲われたあの猫は、あの日を境に姿を消してどこかに隠れていた。なんてはなしだとおもうけれど、管理人さんが知っているかぎりだとそういうことらしいのだ。なにかあったら、お金は出すからね、近所であの猫をかわいがっていたひとに呼びかけて募金しようかしら、と話しているみなさんを背に。ぼくは取材へ向かった。ひとびとがなにをうわさしようと、あの猫はいまぼくの部屋のなかにいて、未だにおびえているのだ。そしてぼくが帰ってこなければ、病院へ行けない。しかし近所のひとびとは、お金のはなしはしてくれるものの、やはりあの猫のことは野良猫だという認識のなかで、うわさとして話しているだけだった。あんなに叫んでいた猫を病院へ連れていこうとするひとはいなかった。しかしそれがふつうなのかもしれない。

ひとは、気にすることもできるけれど無視もできる。気にするかどうかでいうと、気にしてはくれているみたいだし。しかし昨夜、ぼくがかんがえたあれはじゃあ、なんだったのだろう。たったいまここにしかない生命の問題だとおもったぼくは、ひとと認識とか行動がずれているのだろうか。ただとにかく寝不足で、あたまがまわっていない。きょうは取材が終わったらすぐに帰ろうとおもった。それでまたあの猫を。

＊＊＊＊＊

それから一週間とすこし経っただろうか、病院から電話があった。けっきょく左の前足を切断したとのこと。抜糸も終えたということで、迎えにいった。しかし数日後、まだ皮膚と皮膚がつながっていなかったようで、猫はのこされた骨の部分で床をつき皮膚を突き破ってしまった。上腕をあえてのこすことで、前足の感覚がすこしでものこるようにしたかったらしいのだけれど、前足があったころのように上腕を漕ぐようにして動かしたときに、つなぎ目があまかったというのもあって、突き破ってしまった。真っ白い骨が肉と肉の裂け目から見えて、痛々しかった。どうしてこの猫はこんなおもいをしなくてはいけないのだろう、と病院のひとにすこし怒った。すると、あなたはこの猫を飼うつもりはあるのですか、野良猫ですよね。どういうふうにして責任をとるのですか、ということを医者に言われた。あなたの口から、この猫を飼うという言葉を聞いたことがない、と。あたまにきたけれど、そのとおりだなともおもった。ぼくもぼくで、まだ野良猫あつかいをしてしまっていたことをはっきりと言葉にされてしまった気分だった。歩行がすこしむつかしくなってしまうが、やはり上腕をのこすという選択をやめないとまた皮膚を突き破ってしまう、なのでつぎの手術では左の肩甲骨もとりだしましょう、と告げられた。退院するとおもっていたのに、猫はまた入院することになってしまった。

その足で羽田空港へ向かった。北九州の小倉に何ヵ月間か滞在して作品をつくっている。けれども、取材や打ち合わせがおおいので、週に何回かは東京へ戻ってくる。数年前に比べて、もうスケジュールを組み立てていくのがたいへんだった。分刻みでいろんな予定をさばいていかなくてはいけない。なのでそのぶん、ひとつひとつにかける時間も奪われていく。こうして忙しくしているのはぼくだけで、どの現場にもその現場のことだけに集中して、ぼくを待っているひとたちがいるのだ。ぼくひとりの時間を、たくさんの現場に切り売りしている状態で、ひとつひとつの大切さはわかってはいるけれど、以前ほど濃密にできていないのではないかと、ほんとうは不安でしょうがなかった。関わるひとが増えるということは、関わる時間がそのぶん増えるということだ。ひとは時間をつかって、フラストレーションを溜めていく。そしてそのフラストレーションを解すことができるのはぼくしかいないはずなのに、それができていないような気がしていた。アルバイトをしていたころのほうがなんだかいろんなことをゆっくりと立体的にかんがえて取り組めていたような気がするのだった。とにかくいまは時間がない。すべてが平面上にあるように見える。けれども時間がないなかでも、じぶんというものがいかに興味深い人間かということをどんなひとにもアピールしていかなくてはいけない。そうしないと、ぼくの作品の予算が削がれていく。つまり、関わるひとたちへのお金の支払いもさがっていく一方だ。だからぼくががんばるしかない。しかしぼくがいちばんわかっていた。ぼくはたしかに演劇をやってきたけれど、でもぼくはぼくの人生をふつうに歩んできただけであるということ。それはなんら特別なことはなくて、ただの人生でしかない。そしてその人生を、いまは偶然面白がるひとがいるのかもしれないけれど、これは長続きするわけがないとわかっていた。だって、だれとも違わないただの人生なのだから。

リハーサルを終えると、缶チューハイを持って小倉港で佇むということが日課になっていた。穏やかな波に漁船たちが揺れて、かすかになにかが擦れる音が静かにひびく。視線のさきには工場が立ち並んでいて、煙突から炎があがる様子がみえる。あの風景のなかに身を委ねるとすこし落ちついた。ひと気はすくないが、影のように歩いている姿もいくつか。ああ、つかれているな、とおもった。こうして演劇がつづいているからここにいるわけだけれど、演劇がつづいていくこともあんまり想像していなかった。じぶんはいったい、なにをつくっているのか、冷静になって観察する時間もいまはない気がする。こうして佇む時間はあるのに。

「たかちゃんがつくっているものって」

となりにいたひとが口を開いた。

「たかちゃんがつくっているものって、演劇なのかなあ、とここに来ておもうんだよね。でも、おそらくみんなたかちゃんと演劇がやりたくて、集まってきているじゃない？　それは俳優にかぎらず、スタッフもみんな。でもたかちゃんがつくっているものってさあ、演劇であるようでないじゃん。それがみんなに自然と伝わってしまうんだよね。それでみんな、自然と不安になっていくんだろうね。たかちゃんは説明をあんまりしないし。でもわたしとか、数人はわかっているんだよ。おそらくたかちゃんはたかちゃんにいま必要なことをつくっているのだな、って。ほかの演劇に出演したときにもそれはおもうんだよね。ああ、わたし演劇やってるな、演劇やっていいんだな、って。でもたかちゃんの現場ってさあ、演劇やってるかんじがしないんだよね。演劇やっているわたしじゃダメなような気がしてくるというか。それはたぶんさあ、たかちゃんは演劇とかじゃなくてほんとうにおもったことをやっちゃってるんじゃないかな。たぶんそこが違うんだとおもうんだよ。ふつうならさあ、それをうそにしてしまうというか、そしてそれをたのしみながらみんなつくっていくんだとおもうんだけど。たかちゃんはいつも苦しそうだし、ひとにもうそにも頼ろうとしないから、結果的にいつもひとりだしね。まあでもわたしはずっとあなたはひとりでくるしんでいてほしいともおもうよ。なにをいったい抱えこんでいるのか、とかはあんまりわかってやれていないかもしれないけれど、わたしにはわかるよ。関わるのもしんどくなるときあるけどさ。おそらくたかちゃんは、演劇というか、つくるということがなければとっくに死んでるんだよ。いつも死ぬことを想定しているようにもおもえるし。もしかしたら、いちど死んでしまっている前提すらあるのかもしれない。でもただ、生きてしまっているから、生きてしまっているからには、ということについてかんがえているんじゃないかな。それは到底、いろんなひとには理解されないものかもしれないよね」

というようなことをこのひとはぼくに話したのだけれど、ほんとうにこのひととというのは役者だよなあ、とおもう。なんか言葉がいつもセリフのようだし。港の風景のなかで、いろんな音に耳を澄ませながら、アルコールもあいまっていろんなことをかんがえ、めぐらせていた。あの夜の猫のにおい。「どうかしている」質感をおもうと寒気がした。けれどもあれはまぎれもなく生命だった。どうなろうととにかく生きようとしている生命だった。あれほどの生命をぼくは表現できたことがあるだろうか。あの内側から湧きでてくる切実さと、叫び。じぶんより外側の世界とはじゃあどういう世界なのかというようなことを、あの猫はかんがえただろうか。

22

そこはいつだって、空間だった。おもえば、空間にしかぼくはいなかった。

鏡に映っているのはたしかにじぶんだ。けれども、果たしてこれはほんとうにそうなのだろうか。ほんとうに、ほんとうのじぶんなのだろうかとふと、おもうのだった。たとえば、あれはほんとうにじぶんが言ったことなのだろうか。じぶんがしたことなのだろうかとじぶんはじぶんを悩ませるときがある。そしてまるでいつものことのように、ほとんど無意識のなかで見つめる鏡のなかのじぶんというのはほんとうにじぶんなのだろうかと疑ってしまう、あのときのじぶんはほんとうにそうしたくてそうしたのかと。

「おまえはほんとうにじぶんか？」

と問いたくなるくらいのことをしてしまったときというのは、鏡という四角い画面のなかにはやはりじぶんが映るだけなのだけれど、もうずいぶんそれ自体を見たくないほど嫌気がさしているわけだ。しかし朝は鏡のまえに立って歯みがきをする、顔を洗う。昼間もどこかの公衆トイレにて、用を済ませたあと鏡のまえに立つだろう。夜だ。そう夜も、酔っぱらって帰ってきて、まず鏡のまえに立つ。鏡はだから日常に溶けこんでいる、これまでにだから何万回どころじゃない。とにかくたくさん、何度も、何度だって鏡を見つめてきた。ということは、鏡のなかのじぶんをじぶんだとして、見つめて。ときには、じぶんがじぶんを殺したくなるくらいのときだって、そんなこととなかったかのようにじぶんはじぶんを見つめたのだろう。その回数や、そのときの無意識をおもうとほんとうに腹立たしい。じぶんはなんて楽観的で、そして鏡という装置はとんでもないくらいいろんなことをなかったことにするよな、と憤りを感じる。そう、なかったことにするというのはほんとうにいけないことだし、そんなのだれしもがわかっているはずなのに、ひとというのはなかったことにするのだった。鏡というものを見つめれば見つめるほど、ひとは消えるはずのない罪を勝手に洗いながして、あたかもまた本来のじぶんを取り戻したような気になって、また町へ繰りだすのだ。だから町を行き交うひとなんていうのは、みんなどうかしている。鏡という魔法装置によってつくられたうその表情をしているに過ぎない。何度もじぶんを見失っているのに、鏡によってじぶんを取り戻した気になっているに過ぎない。もうじぶんなんて鏡のなかになんかいないのだ。鏡のなかのひとが、じぶんなのだと気がついた瞬間があったはずなのだ、幼いころ。そのころからひとは、鏡を見つめるたんびにそれはじぶんだと勘違いしながら過ごしてきてしまっている。つまりおもうのだった、じぶんなんていないのじゃないかと。あれが、それが、これがじぶんではないのだったら、じぶんなんてほんとうはいないのじゃないか。鏡のなかのじぶんがじぶんではないのだったら、ではほんとうのじぶんとはどこにいるのだろうか。だれしもが、探している。ほんとうのじぶん。鏡は、ひとがじぶんという役をつくるための装置とも言えるだろう。ひとは鏡を見つめて、あれが、それが、これがじぶんなのだと高めていく。映っているのはほんとうのじぶんではないかもしれないのに。朝も昼も夜も、鏡のまえにて役づくりをして、また町という舞台に繰りだしていくひとびとというのは、やはりみんな無意識にうそをついている。じぶんがなんのつもりで、なんのために生きているのか、みんな知りたいのだとおもう。うそだってなんだっていいから、理由がほしいのだ。演じていないひとなんていない。あれが、それが、これがじぶんの役割なのだとおもいたいから、演じることをがんばるしかない。

鏡すら見つめることができなくなるという状態というのが、いつか訪れるだろう。それは老いや病によるものかもしれないが、みずから命を絶とうとするときというのもそうかもしれない。

命を絶とうときめたその日、ひとは鏡を見つめるだろうか。見つめたのだとしても、そこに映るじぶんをじぶんだとおもうだろうか。さいごに鏡を見つめるのはいつだろうか。命を絶つその日の朝に見つめるだろうか、または昼に、夜に。その直前に、ひとは鏡という四角い画面を見つめるだろうか。想像がつかないのだった。想像がつかないということは、ぼくはまだすくなくとも命を絶とうとはおもっていないのかもしれない、と鏡を見つめながらかんがえていた。午後。きょうは三月で、そしていまは午後だ。洗面所をあとにして、リビングへ戻る。

空間にはかならず時間が存在するけれど、時間というのはひとつではなかった。

窓のそとを見つめている。いつもどおりの景色が広がっている。しかしその景色のなかにじぶんはいない。じぶんはここにいる、すなわち外側にはいなくて内側にいるのだから、あの景色のなかにじぶんがいるわけがない。春は着実に、そこまでやってきているのだろうけれど、まだまだ肌ざむい。花粉もきっとひどいだろうから、窓を開けようとはおもわない。ほとんど腐りきった目で、窓のそとを見つめている。つまり、窓という四角い画面を、だ。この画面に映るいつもどおりの景色というのは、いまのじぶんの心情と比べると、ずいぶんあかるいようにおもう。あかるいというか、なんていうか生き生きとしている。三月の午後という時間が鮮やかすぎるくらい動いている。この景色を構成して、いまこの時間に、ぼくという観客にこれを観せようとしているやつというのはとんでもないやつだな、とおもう。なんでこんなばかみたいにあかるくて元気な作品をつくってしまったんだろう。なんのつもりなんだ。作品はいろんな心情を抱えているひとが観にくるわけだから、そのひとりひとりのどこかに当てはまるようなものをつくらなくてはいけない、だって発表するのだから、そして発表するということはそこまでだれかに足を運ばせるわけだから、そのこと自体に責任を持たなくてはいけない、と教わらなかったのかな。こんなあっけらかんとしたただの景色。三月の午後。鳥なんかがさえずっているよ、ばかみたいに。こんな効果音、ばかみたいだろ。遠くにハゲたおっさんがただ歩いているよ、ばかみたいな演出だな、ほんとうに。窓だからいいとおもってるだろ。◯◯だったらいいだなんてこと、ないからな。それはそうと、この窓という四角い画面に映る景色よりも面白くない映画撮るやつっているよな。ほんとうに死んでしまえとしかおもえないっすよ。それにしても、つまらない景色だ。雲行きがすこしずつ変化しているくらいしか展開がない。このゆるやかな展開をたのしむ観客っていうのはもしかしたらものすごくセンスのよいひとなのかもしれない。この景色のことをクラシック音楽にたとえだすようなひとかもしれない。ただの窓だ。ただの窓でしかない。ひかりがおおめに部屋にはいってくる。このひかりだけで部屋中のなにもかもが見えてしまう。観客はぼくだけだ。はあ、つまらない。

ああ、そうか。カーテンだ。カーテンを閉めてもいいのだ。夜にならなくてはカーテンを閉めてはいけないだなんてことはないのだ。昼間にだってカーテンを閉めていい。窓と部屋のあいだに、薄い布をはさむことで、ぜんぜん変わるかもしれない。なんてことない景色も、退屈な展開も。カーテンを閉めるだけで、すこしは違うかもしれない。まぶたを閉じるのと似ている。開ききっていた目は、ひかりを蓄えるばかりだった。そのなかの像をなんとか捉えようとするばかりだった。だからつかれてしまっていた、脳につたわる具体的な情報をすこし整理するためにも、ひとはすこしまぶたを閉じるのだろう。そして眠ってしまってもかまわない。ひかりを薄い膜でさえぎって、暗闇をつくって。内側へこもってもいいのだ。つまりカーテンというのはそういうことだろう。窓のそとから受けとってしまう情報はあまりにおおすぎる。窓が窓でありつづけるかぎり、ひかりとともにたくさんの要素が部屋へ絶え間なく流れこんでくる。垂れ流されつづける映像作品を観つづけなくてはいけなくなる。そのためにも、カーテンという道具があるのだ。カーテンさえ閉めればすこしは外側からの影響が緩和されて、内側が内側への集中力を取り戻すことができるだろう。

というわけで、カーテンを閉める。閉めたからといって、ひかりが部屋にはいらなくなったわけではない。カーテンはそれこそ、なにも映っていないときのスクリーンのように白く発光している。まるでこれから、なにか上映されるような、あるいは上映されたあとのような。

空間にはほとんどの場合、窓はない？

「空間の外側から窓を通して射しこむようなひかりを遮断しなくては、そこにはあかりが灯らない。つまり、あかりを灯さないかぎり、そこは暗闇だし、あかりがあかりであるためにも、そこは暗闇であるべき。暗闇のなかにしか、あかりは生まれない。あかりを生むためにも、空間は暗闇でなくてはいけない。そして生まれたあかりは、やがてひとの目に届いて、ひとはそこで初めて、なにかカタチを捉えるのだ。カタチを捉えるためにはあかりが必要だ。あかりがつくる影がなくては、カタチの輪郭をひとの目は捉えることができない。それはかならず、暗闇のなかでだ。眩しすぎるひかりのなかではありえない。ひかりはひかりだけだったならカタチの輪郭を消し去ってしまう。なので、空間にはほとんどの場合、窓はない」

＊＊＊＊＊

扉のほうへ向かっている。カーテンを閉めたあと、しばらくしてから。やはりぼくはこの部屋から出ていかなくてはいけないとおもいいたったのだった。扉もそうだ。何度ここから出ていって、そして何度ここへ戻ってきただろう。そのたんびに開いて、閉めて。これが扉だということも忘れて。ただ開いて、閉めて。鍵を開けて、また閉めて。靴を選んで、履いて。脱いで。何度繰り返しただろう。けれどもきょうという日は、なぜだか。なぜだろう、扉が扉に見える。初めてかもしれないくらい、扉のことを扉だとおもっている。これは扉だ、まぎれもなく。この部屋から出ていくということは、この扉から出ていくこととおなじことなのだ。そしていちど出ていったなら、もうぼくはこの扉を開けることはもう二度とないかもしれない。

「ぼくから言えることといえば、空間という言葉しかないのだとおもう」

いつだかの部屋。部屋という、空間。窓はなく、湿度のおおい部屋。ひかりが射しこんでくることはない。

「ぼくらはいつしか、このひとつの空間に、それぞれの空間をつくって」

あれは真夜中。聞こえているのは、ささやかな寝息。壁のほうを向いているそれが発しているその音は、夜と湿度に溶けこんで漂っていた。

「それぞれの空間のなかで、それぞれ生きることを選んだわけだけれど」

朝がやってくるのがずっと遠くに感じていた。

「ぼくらはそもそも、初めは、ふたりでひとつだったはずだったのに」

ぼくはあの夜も眠れずにいて、ぼくに背を向けて眠っているそれを、ぼくは見つめていた。

「もういちど、混ざりあってひとつの空間に戻ることはあるのだろうか」

いつだかの部屋。あれは真夜中だった。なにを言っても、返事はなかった。あの真夜中。あの部屋で眠りつづける彼女を置いて。ぼくは旅に出た――

おもいだしていた。扉を見つめながら。あれはいったい、いつのことだっただろう。彼女はまだあの部屋で眠りつづけているのだろうか。あれからぼくは旅しつづけた。しかしぼくはいま、どこを旅しているのだろう。あれからいくつもの部屋に出会った。いろんな、さまざまな部屋があった。すべて違うかたちをしていた。においも、なにもかもが違っていた。そしていまいるこの部屋は、どの部屋なのだろう。いままでのどの部屋にも似ていない。似ていない、というかんじが異様だった。すべてが違っていたように違っているというかんじではない。明らかにどの部屋とも違っていた。この部屋に近い部屋なんて、この世界に存在するはずはないとおもえた。そういえばこの部屋には壁はなかった。鏡と窓、そして扉しかない。それぞれの四角は、それぞれ外側へとつながっている。しかし壁はないから、それ以外の境界はない。内側と外側というものが曖昧な部屋に、そもそもぼくはいるのだった。つまりはそういうことだ、この部屋に似ている部屋なんてあるはずがない。壁のない部屋なんて。そしてそんな、壁のない部屋の扉から、ぼくはたったいま、出ていこうとしている。三月の午後だった。扉の向こうはきっと眩しいだろう。花粉も舞っているだろう。そんな季節に、ぼくはやっぱり抗えずにいるのだろう。しかし出ていかなくてはいけない。理由なんてそんなものはないけれど、出ていかなくてはどうしようもない。

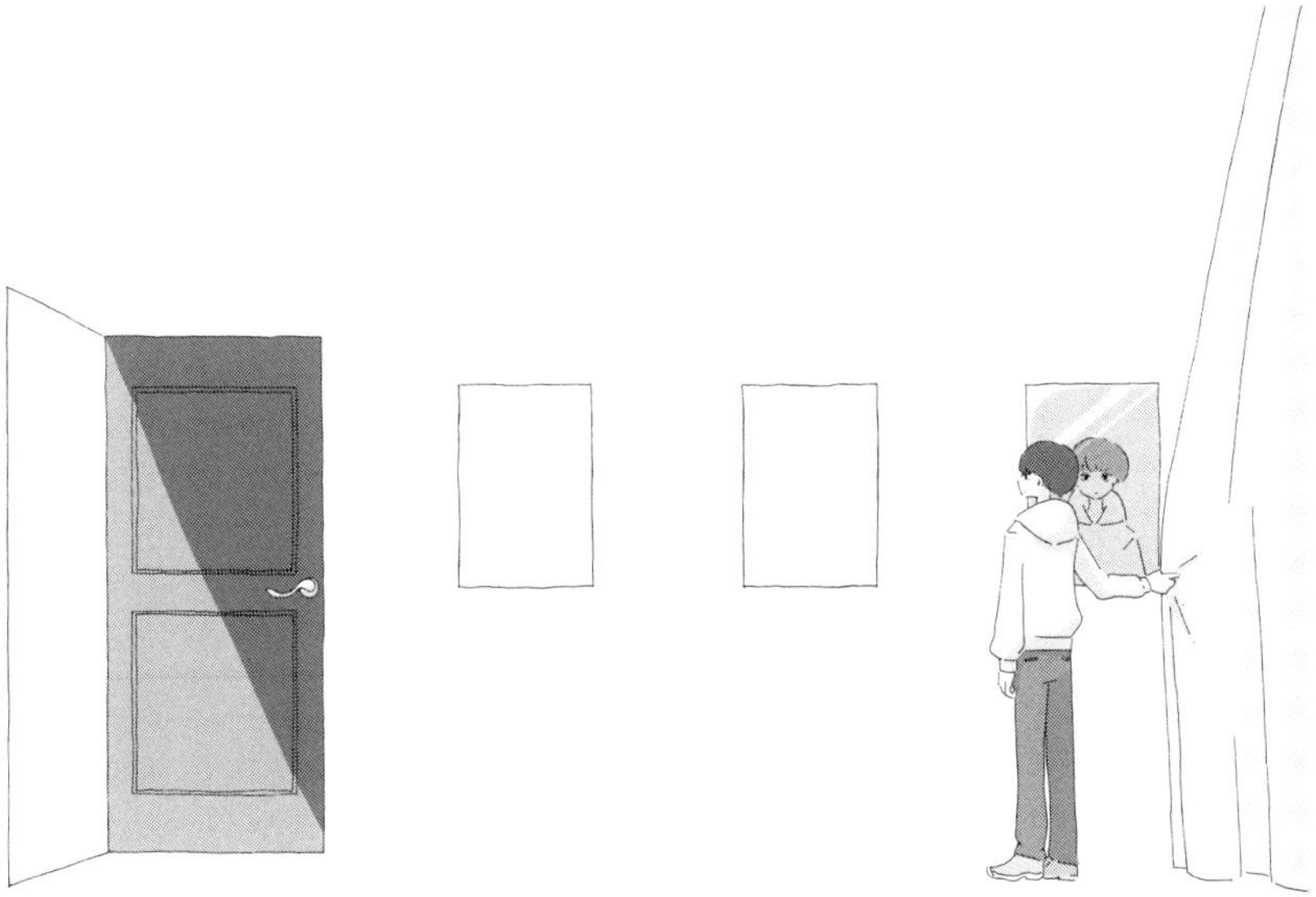

扉を開けると、どこに出るのか。そしてそこにはだれがいるのか、ぼくにはなんとなくわかっていた。というか、知っているような気がした。それはなつかしい場所だとおもった。よく知っているのだとおもう、隅から隅まで。じぶんというものがもはや、もともとは、そしてそもそもはどういうものだったのか。もう忘れてしまっているし、ここでいろんなうそを重ねて、そして演じわけてきたわけだから、本来を見失っているのだけれど、でもこれだけは言えるような気がする。扉の向こうに広がっている景色と、そのなかにいるひとのことを、ぼくはまるでじぶんのことのようにわかっている、というよりも知っている。靴は選んだ。そして履いた。鍵を開ける。ドアノブに手をかける。これは扉だ。まぎれもなく扉だ。さいしょでさいごだ、これを扉だとおもうなんて。

＊＊＊＊＊

扉を開けると、そこは白浜で。色のない海が広がっていた。果てしなく広がっていた。音がするような風景なのに、不思議と音がなかった。空もないみたいだった。すくなくとも色はなかった。空に色がないから海にも色がないのだとおもえた。ぼくは白浜を踏みしめた。しかし足裏が砂を踏んだとしても、それにも音がなかった。まるで、なかった。ただゆるやかに、波がよせてはひいていくのはわかる。気温もないようだった。そして気がついた、ここには太陽がなかった。かといって夜だというわけでもない。太陽がないから気温がない。さむくもない。身体の熱をつねに感じて生きているわけではないことに近いかんじだ。このまま行く。このまま、なにもないまま歩いていく。色のない海だけがそこにある風景のなかを、このまま行く。それ以外はなにもない。もちろんだれもいない。けれどもぼくにはわかっていたし、知っていた。ここに「だれか」がやってくることを。いや、やってくるのではない。始めから、いるのかもしれない。その「だれか」とは、だれなのか。わかっている、知っている。

驚きもしなかった。「だれか」が歩いてきた。視界の、右のほうから。ゆっくり歩いてきた。海の向こうを見つめている。音のない波打ち際を、ひたひたと歩いている。女性だった。ぼくはあの女性と出会ったことがない。けれども、彼女の名前を知っているとおもう。もしくは、わかっているとおもう。彼女のことをぼくはわかっていた。彼女もぼくのことをまるでじぶんのことのように、知っているし、わかっているとおもった。それはどうしてか、たしかにそうでしかないことなのだった。

23

あの町へ向かっていた。汽車に乗って。海岸線を走っていく。わたしは車窓より向こうに広がる景色を見つめながら、そのなかでおもいだしていた。というよりも、わたしがそうするというか、記憶のほうからそうするから、そうなるようだった。つまり駆けめぐるようだった。あたまのなかで猛スピードでスライドされる映像をつくったのは、たしかにわたしの過去であるけれど、それはまるでわたしのことじゃないように、だれかがつくったもののように上映されるのだった。見つめているのはたしかに流れ流れていく海辺。それは懐かしさをもちろん帯びているわけだけれど、それだけじゃない。わたしが見てきたものは、だれかの記憶につながりうることも知っていた。そう、わたしはいまや、あのころのわたしと違って、作品というものをつくる人間になったのだった。作品のなかではわたしが語られるけれど、わたしはその作品に出演するわけではないわけだし、言葉はつくって配置しても、そこでなにか発語したりはしない。しかしいまこうして汽車に乗っていて、あたまのなかで再生されるもののなかにはわたし以外のだれかが出演しているわけではなかった。そこにはわたしがいた。あのころのわたしだけがいた。あの町から出ていきたくってしょうがなかったわたし。やはり演劇をしていた。朝起きて、学校に行ってもずっと演劇のことをかんがえていた。授業をうけていた記憶なんてほとんどない。クラスというものがあったのかどうかも定かでない。とにかく演劇のこと以外のことを憶えていないくらい、わたしは演劇をしていたし、演劇に逃げていた。現実ではうまくいっているわけがない、わたし。放課後も、夜の深い時間まで演劇をしていた。あの町にはそういう環境があった。あの環境がわたしを守ってくれていた。演劇という場所は、わたしを現実から遠ざけてくれた。もしくは演劇に教えられたこともたくさんあった。単純に、わたしはひととどういうふうに接したり、話したりしていいのかわからなかったのだけれど、演劇にはその方法を教えてくれるようなやさしさがあった。あのひとはわたしに、なぜあのタイミングであぁ言ったのか、というような現実世界ではとてもじゃないけれど抱えきれないことを、演劇的にかんがえたならばすこしはわかるような気がした。ひとと接することはとてもたいへんなことだという苦しみ自体を、演劇はそもそも、わたしが生まれるもっとずっとむかしからかんがえつづけてくれているようだった。

汽車は、海岸線を走っていく。わたしはあの、いつかの海辺の駅に降りる。一八のころ、あの駅から上京した。とにかくおもいだされる。やはり演劇のことが、わたしのなかを駆けめぐる。ちいさな町に似合わない、おおきな劇場が建ったのだった。わたしが九歳のころ。ひとが劇場へ足を運んで、なにかを観る。そこにはうその世界が広がっていた。わたしはそのうその世界が、つまり現実よりもほんとうのことのようにおもえたのだった。

わたしの先生はきびしかった。一〇歳のときに彼の劇団に入団して、一八までの八年間。彼は演出家だった。脚本も書く。高校の英語教師でもあった。わたしは彼のいる高校に入学して、そこでもちろん彼が顧問をしている演劇部に入部した。全国大会に出場するような演劇部。彼に演劇以外のなにかを教わったことはない。彼がなにか科目を教えている様子を、わたしは見たことがない。けれどもわたしは彼の様子をだれよりもそばで見ていた。

一二歳のころだったか、戦争を描いた作品でわたしは初めて主演のような役で出演した。戦争のことがまるでわかっていないと言われ、そのたびに「そのころ生きてないし知らねーよ」とおもって泣いた。でも同時に胸が高鳴るのも感じていた。知らない時代というものに演劇をしていれば手をのばせるかもしれないからだ。だって彼だって戦争なんて時代に生きていない。なのにどうして、あんなふうに、泣いてしまうようなおもいをしてわたしたちになにか伝えたいのだろう。何度も彼の瞳のなかに光るものを見たことがあった。彼は舞台のうえにいるわたしたちになにか伝えようとしながら、同時にじぶん自身にもなにか伝えようとしている。そして手をのばそうとしている。彼も知らない時代に、世界に。その様子をわたしはいつもそばで見つめていた。わたしたちがそうやってつくりあげた作品を、あの町に住むひとびとはどういうふうに見ていたのだろう、子どもだったからよくわかっていなかったかもしれない。しかしあのころのわたしには彼がつくっていた演劇という場しかなかった。そこでのことが、わたしのすべてだった。

彼があの町でつくっている演劇というムードを、わたしはたのしんでいた。何度泣かされたかわからないけれど、そのなかで学んでいたし、泣いた日も寝るまえにおもいだしては、笑っていた。上手いこと言われたなー、って。彼がどうして、あの町に演劇が必要だと感じていたのか、というのもすこしはわかっていたような気がする。まあ単純に演劇が好きだというのがほとんどの理由だろうけれど、それだけじゃないはずだ。

高校での部活では、わたしはほかの部員たちともすこし過ごしかたが違っていたようにおもう。高校から演劇を始めたひとたちは、演劇の面白さに気がついていくことに興奮しているようだったし、そこには彼の言葉や卒業していった先輩たちの言葉もあいまってなのだろうけれど。そして演劇を通して、だれかと出会って、そのだれかと語らうことがたのしかったり、そのなかで恋愛みたいなことが発生することも、いわゆる青春みたいなかんじでよいのだろう。でもわたしはすこし違っていた。つくった作品がだれに届くのか、そして届いただれかのなにかが変わるのだろうか、と想像していた。

とてもくやしいことがあった。あれは高校一年のころだった。十勝での大会で、わたしたちは敗北した。全国大会の切符をどの高校が持っていくかという大会だった。高校演劇というものには勝敗というものがあった。劇団というものは公演をすることだけが目的だから、それまでわたしの演劇には勝敗というものがなく、いかによいものをつくって、町のひとに観せるか、というのが仕事だとおもっていた。しかし高校にあがって部活というものに属した途端、まずは夏の全国大会に行って、そこでも負けた。そして秋の十勝での大会。そこで高校三年生は、勝っても負けても引退なのだけれど、そこでもわたしたちは負けた。そしてその敗北は、わたしのせいだとおもった。わたしは主演みたいな役を演じていた。実力不足だとおもった。役者が実力不足だなんて、許されるわけがないのだ。そして、高校演劇には審査員というひとたちがいる。東京から来た、ふだんは俳優をしているという審査員に「あなたたちはほんとうは一位なのだけれど、今回は――」と言われた。ほんとうは一位、なのだけれど――？　わたしには理解ができなかったし、同時にとてつもない怒りが込みあげてきた。とにかくきびしい彼は、無表情だった。あんな無表情、あとにもさきにも見たことがないくらい、無表情だった。ほかの部員のみんなは、三年生の先輩が引退してしまうということで泣いた。負けてくやしい、というのもあったのだろうけれど。わたしたちの町まで帰るバスのなかで、引退する三年生たちがひとりひとり挨拶していくのだけれど、そしてみんな泣くのだけれど、わたしはその言葉についてはひとつも憶えていない。わたしが泣いていたのは、だれかが引退するからとか、負けて全国大会に行けなかったからとかではない。とにかくきびしい彼が、東京から来たたいして有名でもなさそうな俳優にばかにされたとおもったからだ。七、八時間、バスに揺られていたとおもうんだけど、そのすべてを怒りで泣くことに費やした。彼をばかにされるということは、わたしたちの町をばかにされることだ。彼がばかにされるということは、わたしのなかの演劇をばかにされたということだ。そしてわたしのなかの演劇というのは、彼の演劇でしかない。ほかの演劇は、ＶＨＳでしか見たことがなかった。親をばかにされる以上の屈辱だった。たったいま、だれが引退しようが、来年度の夏、旅ができないなんてどうでもよかった。とにかくわたしのせいで、彼がばかにされた。彼がきびしさのなかで模索していた演劇を傷つけてしまった。とにかく泣いた。人生でいちばん泣いた。

あの涙を忘れることはないのだけれど、あれからわたしはやはり、あの町を離れようとおもった。一八だった。東京というところへ行こうとおもったのだ。演劇を休んでいい日はかならず海へ足を運んで、何時間かそこで佇んだ。海を越えたら、東京があるのだとおもった。そこにはわたしと同年代の、わたしよりも演劇を日ごろ見つめている高校生たちがいるのだろうと、こわかった。でもじぶんを試してみたいとおもった。「東京に行って終わるなよ、近いうちにアメリカに行け」と、ハンバーグを食べながらわたしに言った劇団の先輩がいた。言っている意味がほとんどよくわからなかったけど、笑いとか抜きに言っているみたいだった。すみません、まだ行けてないや、アメリカ。でも東京で、なんとか演劇をつづけているよ、という気持ちで。上京して以来、いちども帰ってきていなかった町に、わたしはついに、ふたたび降りたった。

＊＊＊＊＊

海辺の駅だった。わたしはわたしがつくった作品を持って、この町に帰ってきた。わたしと、そしてわたしの作品に出演するひとたちがいる。すべて東京で出会ったひとたちだ。作品も東京でつくった。みんな、海を見つめている。わたしの作品のなかでは、いつもこの町のことが扱われていた。だからみんな、作品のなかで知っていたことや、その風景がいままさに目のまえに現れたわけだから、すこし戸惑っているようだった。ほんとうのことだったんだ、とおもったのだろうとおもう。あのシーンのあれというのは、あれです。と説明できてしまうのも我ながらこわかったりもした。海を見つめながら――


「振り返らない、ということをセリフに書いたよね」

「そうだね」

「だから矛盾しているとはおもわない？」

「そうかもしれないね」

「振り返らない、と言いつつ、いつも振り返っていたんだよ」

「うーん」

「さやかちゃんは、なんかそういうところがあるんだよな」

「どういう？」

「現実を現実だとおもっていないというか」

「それはそうだね」

「うそのことをほんとうだとおもっているというか、うそこそがほんとうだとおもっているでしょう」

「おもっているよ」

「うん」

「現実ではなにも語れないよ。でも作品のなかではなんでも語れるし、むしろ本心はそこでしか語れないよ」

「ただ、見落としているところがあるよ」

「え、なに」

「作品のなかで語るのは、わたしなんだよ。さやかちゃんじゃない」

「そうだね」

「さやかちゃんが語っているようで、さやかちゃんは語れていない」

「はい」

「わたしたちという身体がないと、つまりあなたは振り返ることもできなかったんだよ」

「振り返らない、と書きつつね」

「うーん、悩ましいし、緊張するなあ」

「だろうね」

「だってわたしたちは、さやかちゃんみたいに、この町出身ではないからね」

「そりゃそうだ」

「でもだって観にくるのは、この町に住む、この町出身のみなさんでしょう」

「だね、それ以外はないよ」

「やりづらくないですか？　なんでよそから来たわたしたちが、この町のことを語るの」

「でももはや、わたしだってよそものかもしれない」

「え」

「わたしはいちど、この町を去ったのだから。いちど、消えたんだよ、この町から」

「うん」

「どうやって戻ってこれたのか、わたし自身もあまりよくわかってないや」

「そうか」

「そもそも戻ってこれたのかどうかもわからないし、これが終わったらまた東京に戻るしさあ」

「帰ってきたとはおもわない？」

「どうしてか、おもうよ。やっと帰ってこれた、っていうのは」

「そうか、なのならやっぱり緊張するなあ」

話していたのは、あゆみちゃん。わたしが話せば話すほど、彼女のなかで役づくりというものが途方もなくさきまで進んでいってしまうので、発言には気をつけなくてはいけない。あゆみちゃんとはじつは一六歳のときに福岡で行われた全国大会で出会っているらしいのだ。お互い、出場校の一年生だった。彼女は、わたしよりもわたしのことをわたしのことのように舞台上で話すのだった。役者さんとして優れているというか、もはやそういう生きもののように、わたしよりもわたしのことを話す様子を見ていると、いつも、なんだろうこのひとは、っておもって感心してしまう。そう、わたしはわたしのことを描きつつも、舞台上にはいないのだった。上演が始まったら、そこにはあゆみちゃんたちしかいない。わたしはあゆみちゃんたちを通して、わたしが観せたいひとたちに、わたしを届ける。そしてこうして、この町に帰ってきた。帰ってくる場所なんかないとおもっていた。帰ってきてはいけないとおもっていた。東京で、わたしは演劇をやっていけるようになった、と言えるようになるまでは。

24

こんなちいさな町だけれど、おおきな劇場があった。町のちょうどまんなかに建っている。わたしが九歳のころだろうか、劇場ができあがったのは。そのおなじくらいの時期に、そう。わたしは初めて演劇というものを観たのだった。母親に連れられて。汽車で二時間もかけて行くおおきな町の、おおきな劇場にて。母は、わたしのとなりで退屈そうにしていた。観るまえも、観たあとも、その演劇についてわたしたちはなにも話さなかった。けれどもわたしは興奮していた。静かに、興奮していた。あの舞台で起こっていたこと。そして目のあたりにしたことが「演劇」だなんて言葉に、まだ辿りついてもいなかった。なにを観たのか、どうして胸騒ぎがするほど興奮しているのか、あのときのわたしにはわからなかった。

あれが、なんだったのか。

おおきな町から、わたしたちが住むちいさな町へ帰ってきてからも興奮は冷めやらない。あのことをどうにか言葉にしたくて、しょうがなかった。テレビや映画で観たことのあるものとはぜんぜん違っていた。近所の公園の、丘のうえにひとりすわりこんで、あれが、なんだったのか、ということを何時間もかんがえふけったこともあった。わたしのなかでなにが起こったのか。わたしのなかの「なにか」を摑《つか》むかんじが、ほかの表現と呼ばれるものと比べてまるで強さそのものが違っていた。徐々にあれが、なんだったのか。まるで細胞と細胞が、こまかいけれど強い繊維でつながってきたさきにある言葉というのがまさに「演劇」だった。そう、あれは演劇だった。確信を持って、いまなら言える。あれは、演劇である。演劇というものをわたしは母親に連れられて観たのだった。それがちょうど、ちいさな町だけれど、おおきな劇場が建ったタイミングだった。わたしが住む町にもいよいよ劇場というものが建つ。公民館に来るような人形劇みたいなものを、もう観なくたっていい。なんてったって、劇場が建つのだ。ということは、そこでは演劇が行われるに違いないとおもった。わたしが観たような、わたしのなかの大半を占めてしまったスケールの「演劇」が。そしてもちろん、やはり演劇は行われた。劇場が建ったと同時に、劇団というものがつくられた。わたしは小学生だったけれど、その劇団にはいりたいとまっさきにおもった。そしておとなたちのなかに混ざって、わたしは演劇を始めた。すべてこんなちいさな町に住むひとたちだった。劇場をつくったのも、劇場を守ったのも、そこで演劇をつくるのも、演劇を呼ぶのも、すべてこんなちいさな町に住むひとたちだった。表現としてどういう演劇かというまえに、演劇というのはどうできあがっていくのか。それに、ついていくのに必死だった。わたしがおもっていたよりもはるかに演劇は複雑で、ややこしくて、おもいどおりにならないものだということも知った。ひとはおおくの間違いや過ちを、しかも無意識のなかでしてしまうとも演劇があったから知ることができた。ひとは学校にだけ行っていても知ることのできないことだった。ひとはたやすく、ひとを好きになったり嫌いになったりもできる。そして好きでも嫌いでも、演劇だということもあるからか、ときには偽ったりもしつつ、ひとつのものをつくることができる。ひとというのは、ほんとうのところ、ひとのことをどうおもっているのかわからないというのも教わった。高校生というのはもっと不安定で、どうしようもなかった。あるのは体力だけで、すべてにおいて描く、だから表現が成立するというのはほとんど奇跡に近かった。それがきっと面白いんだろうな、ということもわかっていた。とにかく、なんでも演劇を通して知ることができた。たくさんのうそと、けれどもうそだからこそきらめく真実が、わたしはやはり好きだった。

ちいさな町から出ていきたくてしょうがなかった。おおきな劇場は、もはやわたしにはちいさく感じたのだった、一八の夏。東京へ出ていきたいと、もちろんおもった。母親はもういない。父親は眠りつづけている。わたしは出ていかなくてはいけなかった。海がもう、すぐそこまできている駅に最小の荷物を持って。わたしを東京まで運んでくれる汽車を待った。あの数分間がわたしにとってはほとんど待ちに待った永遠だった。

東京に出たら、こんなちいさな町のことなんてすぐに忘れてしまうだろう。東京にはわたしになかったものがぜんぶあって、そのぜんぶのなかからわたしはあたらしく、わたしのためになにもかも選びなおして、わたしのなかの演劇をまるで更新するのだ。そう、おもっていた。けれども、東京にはなんにもなかった。なんにもないどころか、あんなにきらめいていた演劇のことを嫌いになるくらいのことがつぎつぎと押し寄せてはわたしを苦しめた。それでもすこしずつ。そう、すこしずつだけれど、わたしはわたしの表現を見つけていけた。そうなんだ。見つけていけたから、わたしはこうして。ふたたびちいさな町に戻って、あの、おおきな劇場にいる。初めて立った舞台は、学校のお遊戯会なんかではない。この劇場の舞台に、わたしは一〇歳のときに初めて立った。下手《しもて》の袖《そで》だった。照らされて白く発光している舞台を、不気味なくらいの鼓動を聞きながら、睨みつけていた。客席は真っ暗で、観客がいるのだろうけれどまったく見えない。下手の袖のにおいはなにも変わっていなかった。あのときのままだった。あれから、わたしのなかの演劇は、表現はいろいろを経て、ここへ戻ってきたよ。いまは舞台にはもう立たないよ。わたしはいまは、舞台で言葉を発することはしない。言葉を発するひとたちを、つくるひとになったのだよ。あるいは、言葉を舞台に配置するんだよ。もちろん、そこには時間が流れているよ。観にきてくれたひとたちが、どういう時間と出会って、そして物語めいたものを感じることができるか、というようなことをいつもかんがえているんだよ。つまりそれが演出だとおもっているよ。わたしは、キャストでもスタッフでもないよ。作家だけれど、そのまえに人間だよ。人間として、そう。ここに帰ってきたよ。帰ってこれるだなんて、おもっていなかった。帰ってくるまえに、終わるとおもっていた。でも帰ってこれたんだよ。

わたしがつくった作品を、この劇場で。町のひとたちが観るのだった。とても不思議な気持ちだった。開演前にあゆみちゃんにこう話したとおもう。


「正直なことを、わたしは書いたとおもうよ。できるだけ、率直に。この町での時間のこと、家族のこと、そしてこの町から出ていったあとの時間のこと。どうしたら描くことができるか、模索を重ねた数年間だったけれど。でも、いまになっておもうのは、だとしても満足に描けたとは言えないのではないか、ということなんだよね。というか、この問題意識に終わりなんかあるのかな。いや、作品ってひとつの結果だし、観客だって、ひとつの完成を観にくるわけだから、これはこれなんだけどさ。でも演目が終演したからといって、終わることを描いたわけではないんだよね。このさきも生きて、そしておなじか、それ以上に悩みつづけながら生きていくしかないとおもうんだよ。つまり、その経過を発表しているに過ぎないんだよ。途中、というか」

「うん」

「いま、だからとても混乱しているよ」

「だろうね」

「こんな曖昧な気持ちで、観せてしまっていいのだろうか」

「でもだから、演劇なんじゃないかな」

「え」

「演劇は、上演時間のなかでもかんがえることができるんだよ」

「ああ」

「うん、俳優自身がね」

「そうだね」

「俳優は、かんがえ終わったことをやるのではないんだよ。かんがえている最中のことができるんだよ」

「うん」

「特に演劇では」

「はい」

「観客のみなさんも、わたしたちも現在、生きているからね」

「うーん」

「さやかちゃんは、文字としては書き終えていても、わたしたちはそれを終わったことだとおもって演じることはできないんだよ。いま、いまのことだとおもって、言葉の作業を、観客のまえでしていくしかないんだよ。わかるかな。しかもそれは、演劇だからできるんだよ。演劇は、撮られたものを発表するわけではないから。つまり、いまでしかないからね」

「そうですよね」

「さやかちゃんは、大学生のときに舞台に立つことをやめたよね。その時点で、わたしたちに言葉を託したんだとおもうよ。いま、生きている言葉という言葉をね。だから、そのことがいつもプレッシャーだし、ストレスだよ。重いな、って。さやかちゃんの個人的なことなんてさあ、個人で済ませてくれよ、とおもうよ。でも、ただ、あなたはそうはいかなかったんだろうね。だからこうして、過去の町に帰ってきてまでして、個人的な言葉を表現しようとするのだろうね。もっと楽な演劇がしたいわ」

「ごめんね」

「ほとんどスリルに近いよ、こんなの」

「うん」

「だって客席、ほとんどさやかちゃんの知り合いでしょう？　そしてそのひとたちが知っているようなエピソードを、なんでわたしたちが演じるわけなの。やりにくいでしょ、ふつうに」

「だから、ごめんって」

「うん」

「そして、ありがとう」

あゆみちゃんや出演者がいる楽屋をあとにして、あと数分で開演。この時間がわたしはいちばん嫌いだ。ほんとうにそわそわする。わたしの舞台を観にきたひとたちがいる客席に行くこと自体が拷問《ごうもん》に近い。

そう、あゆみちゃんが言うように、わたしの言葉はもう完全にわたしから離れてしまった。開演すると、もうわたしはだれにも、なににも口を出すことができない。わたしの言葉は、わたしの身体から出ていってしまって、わたしじゃないだれかの身体のなかにはいっていき、わたしの言葉じゃないようなふりをして、わたし以上にわたしのような表情をしたひとたちによって扱われて、観客の耳へ届く。音だけじゃない、視覚も伴って。届くのだ。

客席には知っている顔がちらほら。一〇年近く経った。わたしも齢を重ねた。この町も、おなじぶんだけの年月を重ねたのを感じた。わたしとは違うかたちで、この町から離れたひともいるだろう。もちろん、のこったひとたちもいる。のころう、だなんて決心なんかしなくても、変わらずに。この町に住みつづけるひとたちがいる。そのひとたちの目のまえに、あと数分したらわたしの作品が現れる。わたしがつくった時間が、空間が、現れてしまう。へんなかんじがした。客席には先生がいた。近所のおばさん、おじさんもいた。そして――

母親がいたのだった。もうずっとながいこと会っていなかった母親が。わたしの作品の公演の、この町の、この劇場の客席に。母親がいたのだった。母のとなりに、幼いわたしはいない。あのころ、いたはずのわたしはいない。母がいる。たしかに、いる。開演前の舞台を見つめている。ジッと、見つめている。彼女の目に、どう映るのだろう。もはや、彼女ひとりにこれから開演するような気がしてしまう。同時に、なんだろう。この気持ちは。しばらく味わったことのないような、ひとつ欠けていたような。この気持ちは、なんだろう。

＊＊＊＊＊

母は、いちどだけわたしを連れだして、外出をした。母との、外出。向かったさきは、劇場

巨大な金色の縁に、赤いカーテン。開演のブザーが鳴る。

客席のあちこちから聞こえていた声たちが、いっせいに静まる。

開演前の静けさは、夜の静けさにとてもよく似ている。

おおきな音楽とともにカーテンが開いて――


*****

あれが、なんだったのか。

わたしは忘れていた。あれは、演劇だったのか。なんだったのか。

開演する。いよいよ、幕はあがったわけだ。これからわたしの言葉は、わたしじゃないひとたちによって紡がれていくのだ。それをこれから、わたしの母親が観るわけだ。開演する

*****

上演中。わたしの母親が見つめているわたしの作品のなかに、わたしはあたらしい扉を見た。

扉はすごく自然と現れた。その扉を開くと、どういう光景が広がっているのか。わたしはずいぶんまえから、いやそれどころかおそらく生まれるずっとまえから、その光景のことを知っているような気がする。もちろんのことのように、わたしは上演中にもかかわらず、その扉を開けてみるのだった。すると、目のまえに広がったのは案の定、海だった。まだ見たことのない海なのだけれど、どこか懐かしい。というよりも、この海は、どの海ともいっしょで、もう何万年も何億年もまえから、ここで海をしている。海は海をしている、という言葉が浮かんだところで、わたしはすこし笑ってしまった。わたしの母親がわたしの舞台を観ている最中だというのに、わたしは海にいてすこし笑っている。

ひたひたと、波打ち際を歩く。不思議と、音がしない。ここは南国なんだろうとおもう。海の向こうを見つめながら、そうおもった。空も波も白浜も、わたしが育った北にはない表情をしている。しばらく歩いていくと、ひとりの男性が。わたしのほうを見ている。

ああ、わたしたち、ここで出会ってしまった。

25

「ああ、わたしたち、ここで出会ってしまった」

わたしは、あのひとにいつか出会うかもしれないと、どこかでおそらく、おもっていたのだと

おもう。気がつけば、そうつぶやいていた。わたしの名前は、さやかだった。けれどもわたしのなかに眠る、さやかではない名前があったのだとして、それはなんだろうと想像していた。いつも想像していた。さやかとしてのわたしは、たしかにわたしなのだけれど、さやかだけではないような気がしていた。さやかではないわたし。それはまだ名前のない、ただの「存在」に近いようなものだとおもう。その「存在」に、わたしは気がついていた。いや、さやかは気がついていた。さやかは生まれたときからもうすでに、わたしはわたしだけではないと気がついていた。鏡のなかのじぶんが、じぶんなのだと初めてわかったとき。あれはさやかと名づけられてはいるけれど、もしかしたらさやかではなかった。もしくは、さやかでありながら、違う「だれか」がわたしのなかには同居しているのかもしれない、と想像していた。だってわたしはわたしがつくったのではない。さやかと名づけたのも、わたしではない。じゃあわたしとは、さやかとは、じぶんとは、とかんがえたときに、べつの「だれか」であった可能性だってじゅうぶんにかんがえられるだろう。さやかは、そうおもった。そしてさやかは、この白浜で。あるひとに出会ったのだった。あるいは、出会ってしまったのだった。その瞬間、さやかのなかの「なにか」は確実に、またたいた。またたいて、ひらめいた。眠っていた父親はいまごろ、目を覚ましただろうとなぜだかわからないけれど、おもったし、わかった。父親は目を覚ました。いま、この瞬間に。きっと、おそらく、いや、たしかに目を覚ました。だってさやかは、あのひとに出会ってしまった。待ちのぞんでいたわけではない。いつかこの瞬間がやってくるのだと、おもっていたし、わかっていた。それがいまだった、というだけだ。さやかは、彼の名前を知っていた。でも、まだその名前を口にしたくなかった。なぜかというとつぎの瞬間、彼の身になにが起こるのか、知っていたからだ。そう、さやかは知っていた。ずいぶんまえから。いや、生まれたときから、この白浜がどこなのか、ここがどういう場所か、どういう時間が流れていて、そして過去にここでなにがあったか、未来にここでなにが起こるか、さやかは知っていた。出会ってしまった彼が、数歩。さやかに歩み寄る。さやかは、初めて言葉を口にする。

「待って」

さやかは、彼に聞こえるか聞こえないかわからないくらいの声でそう言った。さやかが口にしたのは、さやかが知っている彼の名前ではなかった。しかしその声は届かなかったのだとおもう。届いたところで、このあと起こることになんら影響はない。さやかが「待って」と言った、そのまったくおなじ呼吸を、彼もしていた。さやかは生まれてからずっと、この呼吸だ。それと同様に、彼も生まれてからずっとこの呼吸をしていた。さやかとおなじ呼吸をした彼の耳に、さやかの「待って」が届いたのか。いや届かなくても、おなじ呼吸のなかで、彼は歩みをとめた。なぜだろう、さやかはおもいだしていた。

＊＊＊＊＊

あの日の呼吸。あれはたしか夕まぐれだった。近所の公園にいて、ほかのみんなはとっくにおうちへ帰ってしまって。わたしだけが公園の丘のてっぺんにいて佇んでいた。夜になるのをただ待つように、日が沈んでいくのを眺めていた。公園にはもうわたししかいないはずなのに。けれども、ひとりじゃないような気がした。呼吸のおんなじ、もうひとりがいるような気がしたんだ。呼吸と、それとおんなじ脈を打っている心臓が。わたし以外にも、もうひとり。もしくは、わたしのなかにもうひとり。在るような気がしたんだ。わたしはそれを、なぜだかおもいだした。雑草の青さが混じった、土のにおい。そしてひたすら、あの日の呼吸。呼吸。

＊＊＊＊＊

「待って」とほとんど同時に、彼は歩みをとめた。そしてこれもほぼ同時に、さやかの視界に映る画面は突然、蜃気楼《しんきろう》のような揺らぎに包まれたみたいだった。彼の姿が歪んだ。背景の風景と、ともに。身体のうえとしたがつながっていないようなアンバランスさで、けれどもかろうじて立っていることを彼は保とうとしたけれど、でも一秒かもうすこし経ったところで、彼は立っていられなくなって白浜に倒れこんでしまった。風景ごと、崩れたような。不思議と、音はなかった。もうまもなく消えてしまうかのように、彼はもう立っていられなくなった。音もなく、白浜にうずくまる。身体はもはや、おおきく裂けていた。それはここから見てもわかるくらい、大袈裟に裂けていた。そして数秒経って。裂けたところから湧きでるように、または地面に吸いこまれるように、血がとめどなく白浜へ染みわたっていく。血はもちろん、赤かった。そんな光景のなか、さやかは駆け寄ることはしない。静かに、彼のもとまで歩いていった。海から放たれたなにかが、彼の腹部を貫通したのだとさやかは知っていた。そうだった、海はもうボートで埋め尽くされていた。海は、かつての海じゃないようだった。ボートしか見えない。ボートは海に浮かんで、波に揺れているのだろうけれど、そうは見えないくらい揺るぎないたくさんのボート。しかもボートは「わたしたち」を待ちかまえていた。ボートは、「わたしたち」ひとりひとりの生命をすぐにだって消すことができるのだ。つまり彼はあのなかの一艘から放たれたなにかに、撃たれたのだった。

彼のもとへ辿りついたさやかが、膝をつく。彼がうずくまる、その目のまえに。彼はもうなにも言えない。口からも血が、とめどない。彼は、言葉を扱うひとだったに違いない。言葉を扱いながら、きっと作品というものをつくっていた。しかしもう、言葉もない。もう喋ることができないのだから彼のなかから言葉は、もう二度と生まれない。彼はまもなく死んでしまう。うえとしたがもう、つながっていない。張り裂けてそとへ飛び出た臓物はぷつぷつと、泡立つようにちいさく囁《ささや》いている。いまはまだみずみずしい赤色を発しているけれども、終末へ向かってたしかに朽ち果てる準備をしている。彼はさやかのほうを。いや、わたしのほうを見ている。そのまなざしはまるで鏡のなかのじぶんを見つめるようなそれだった。わたしたちは、ここで出会った。しかしずっとまえから知っていた。彼はわたしの名前を、わたしは彼の名前を知っていた。

「過去にとって未来というのは、現在のことを言うんだよね。それで言うと、つまり未来にとって過去というのは現在のことを言うんだとおもうのだけど。でもそれってそうなのかなあ、とさいきんはおもうんだよ。つまりさあ、現在のすべてが未来につながっているかどうかで言うと、そうではない気がするんだよ。現在、起こっているほとんどのことは忘れ去られるわけだし。現在、起こっているほんの一握りの、もしかしたらたった一瞬のことしか、未来につながらないのではないかなあ。つまりさあ、たしかに未来にとって過去というのは現在なのかもしれないけれど、すべての過去があって現在にいたったというわけではないじゃない？　忘れ去られた過去のほうがおおいわけだよ。都合のいい過去を選んで、現在がつくられてしまったとも言えるよね。だから現在は、未来をつくりうるけれど、未来のすべてをつくるわけではない。過去のひとが想像した未来は、現在のような世界じゃないとおもうんだ。それとおなじように現在、想像できる未来はきっと、ほんとうの未来ではないんだよね。じゃあなんでさあ、そんな曖昧な未来へ向けて、現在。なにかをつくったりしているかというと、なんでだろうね。なんでだとおもう？　わたしはまだわからないんだ。どうして現在という時間に、なにかをつくろうとしているのか。現在という時間に観たかったり、観せたかったりするのか。わたしがつくったものが、未来のなにかに、だれかに届くものなのか。わからないんだ。あなたに出会ったなら、それを訊いてみようと、ずいぶんまえからおもっていたんだとおもう」

もちろん彼からの返答はない。けれどもわたしはこうつづけた。

「この曖昧な、現在という時間のことをすぐに言葉にできるだなんておもっていないけれど。いつか現在という過去がなんだったのか、現在この瞬間というのはどういう時間だったのか、言葉にできたとき。初めて現在は未来となるのかもしれない。だからこそ、言葉になる現在を。未来に選ばれるような現在を。わたしたちはつくるしかないとおもって、ここまでやってきたのだろうけど――」

彼の目のなかのひかりは、いまにも消えそうだった。音のない海岸は、一変して。いたるところで、おおきな爆発音。遠くから、そして近くにも、いままさに音が鳴りひびいている。ボートはもはや、海だけを埋めつくしているのではない。上空も、ボートがひしめいている。わたしはそれを、いままさに絶命しそうな生命のそばで、ただただ眺めているしかない。ボートより向こうに水平線が、滲《にじ》む。曖昧に、滲む。わたしはそれを見つめながら、この世界にあたらしく引かれていく線のことをおもった。この世界は、始めはもちろん白紙だったのだとおもう。そこに点という点が打たれて、そしてやがて点は線で結ばれていく。張りめぐらされた線はやがて立体を成す。そしてできた空間のなかでひとびとはいろいろなことをおもいながら過ごす。世界というのはこういうものだとおもうひともいれば、こうではなかったはずだと気がつくひともいる。あたらしく引かれていく線のことをおもうのだ。あの線がやがて立体を成して、空間をつくったとき。その空間はほんとうに、ひとが過ごすべき空間だろうか。わたしははっきりと言ってしまうなら、憂いていた。滲むということは、目に涙をためていた。いまもどこかで、残酷な音。光景。だれかがだれかを監視して、虐げている。これが現在なら、この現在が未来をつくっていいものだろうか。わたしは本気でおもっているよ。冗談なんて、ひとつも言っていない。客席から舞台を見つめて、いちどだって笑ったことなんてないよ。舞台にはうそしかないけれど、そのうそはどのほんとうよりもほんとうのようだったから。だから舞台に戻りたい。舞台に戻って、ほんとうのうそを。うそみたいな、ほんとうを。わたしは演じるのではなくて、つくりたい。

＊＊＊＊＊

目のまえのこのひとは、さやかだろう。ぼくはまもなく絶命するらしかった。やっとここで出会えたというのに。

ここにきておもいだすことは、いくつかあるけれど。ぼくにとっては本気で深刻なことだが、他人から見たらそうでもないことかもしれない。とにかくこれまでいろんな女性に死ねとか、死んでほしいとか、殺したいとか、ほとんど叫びに近いかたちで言われていた。そのたんびにほんとうに反省したし、もう二度とこういうことは、とおもうのだけど。過ちは繰り返されてしまう。しかし過ちのことを過ちだとおもっていないから、やはり繰り返してしまうのだろうとおもうし、これもこれでこのままのかたちで指摘されてきた。

「ほんとうに死んでほしいとおもう。もうほんとうにいますぐここで死んでほしい」

しかし、ああ、あのひとの背中の産毛。あと、あれだ。あの夜、渋谷で飲みすぎて吐いてしまったあのひとの吐瀉物になぜだかわからないけれどざわついて、触れたかった。あのひとに、じゃなくて、あのひとの吐瀉物に。

「作家ぶってんじゃねーよ。作家とか言うまえに、てめーもひとだろ。ひとだろうが」

傷つけてしまったひとのことをおもうと、それとその回数や、そして人数をおもうと、もうぼくなんていうのはもちろんのことのように無残に死ぬべきなのかもしれないとおもえてくる。嫌でも、死ぬというのはそれはそれで卑怯でもあるから、死んでよしではないとおもうし。だれもがそういうことではない、死ね。って死んでもなお、おもうだろうからとてもむつかしいとおもう。というかこんなことで終わりにしようとしてんじゃねーぞ、という。

ああ、それといつも蝿に見つめられていた気がする。蝿にはぼくはどう映っていたのだろう。

「おもってたよりもずっと、ひととしてカスですね」

「え」

「ひとっていうか、人間として」

「はあ」
「死ねっておもいますよ、マジで」

そんなことばっかだったな。ここでおもいだすことなんて、ほんの一部のことで。じぶんの知らないことも含めると、ぜんぜん。まだまだ恨まれているのだろうし、死ねとおもわれてるんだろうな。いやあ、でも。ただいよいよ死ぬよ。この砂浜でさあ。

それとそうか、直感なのだけれど。どうやら目を覚ますだろうな、あの部屋で眠る彼女が。ぼくは眠る彼女をあの部屋に置いて、ここまで旅をしてきたんだった。演劇なんてしている場合じゃないのはわかるけれど、ぼくにはやっぱり演劇しかないから、こういうかたちで、まるで物語のなかで絶命するようなかんじでよかったといえばよかった。さいごまで演劇を言いわけにさせてもらうよ。演劇に関しては、なんにも反省していないよ。演劇は、演劇だけはぼく自身の正直な姿だった。でも、ぼくは俳優ではないから、それはどうなのだろう。これじゃあまるで、なにかの登場人物みたいじゃないか。わからないけれど。とにかくもう身体は半壊しているようだ。血がもう、とまらないよ。そして目のまえには、さやかがいる。まるで鏡に映っているみたいだよ。さやかは生きるよ。目を覚ましたら、いちどでいいからさやかを見てくれよ。いや、見たくもないか。

＊＊＊＊＊

まえから、おもっていたけれど。いまもむかしもないよね。変わったとか変わらないとか言われても、ピンとこなかったのは、それだよ。ぼくにはいまもむかしもないんだよ。あるのは未来だけだよ。

＊＊＊＊＊

ひときわおおきな爆発音が、背後から。振り返ると、背の高い草のむこうに。濃い色の煙が立ち昇っている。わたしにはなにが爆発したかが、すぐにわかった。あれはおそらく、いやぜったいに、劇場が爆破されたのだ。あれくらいおおきな爆発は、劇場しかありえない。わたしは、この海のこと。そしてこの海がある町のことを知っているような気がした。生まれ育った町ではないけれど、知っているような気がするのだ。町の中心におおきな劇場がある。それをだれかが、いままさに爆破した。劇場がどういう状態になっているか。それもわかる気がする。客席は大破し、舞台だけがむきだしになっているだろう。それもおおきく斜めに傾きながら、まるでこっちを睨んでいるような様子で。舞台に立つひとを観て、ひとびとはふたたび拍手をするだろうか。おきまりの拍手ではない。ほんとうにほんとうの、拍手をするだろうか。わたしがつくった作品も、幾度も拍手を浴びてきたけれど。あれはほんとうにほんとうの拍手だったか。拍手をしたあとにひとびとは劇場を去って、またそれぞれの町へ、家へ戻ったわけだけれど。そのひとりひとりのあしたは、きょうよりすこし変わっただろうか。

そうか。客席だけじゃない。舞台も爆破されて、ないのかもしれない。もう、舞台も客席もないのかもしれない。だからそこには言葉も、もちろんない。俳優とか、観客とか関係ない。そこに在るのは、時代だけだ。なにもなくなった焼け野原に、いつかひとびとは佇んで、それでも拍手をするのかどうか。その拍手は、祈りなんかじゃない。なにを観て、なにを観せるかという次元ではない。ただ、そこに。その場所に拍手はあるか。つまり、未来はあるか？

ボートになにもかも壊されて。そこに、未来はあるか。そしてその未来にわたしは、いるか。わたしたちは、いるか。いまはまだ、ここ。白浜にいて。となりには、いますぐ絶命する生命。わたしはそれでも、生きることをするのだろうか。生きて、またなにかつくるか？　つくるとして、なにを？

26

海を覆いつくすほどのおびただしい数のボートは霧が晴れたみたいに、もうひとつも見当たらなかった。上空にも、もうボートはない。いまにも星が降ってきそうでこわいくらいの、空だった。そう、夜になった。わたしのとなりには、一体の屍《しかばね》がある。数時間前に絶命したのだ。上半身と下半身は裂けて、割れている。まるで抜け殻みたいだとおもった。命がなくなるその瞬間を、わたしは見た。すっと、魂のようなものが消えて、ろうそくの火が消えるかのように、目のひかりが消えるその瞬間、全身が脱力してぐにゃりと引力にただただ身を委ねた。あっけないものだった。さいごの言葉とか、そういうのはなかった。死んだ、というそれだけだった。ひとだったものが、ひとではなくなって、地上の、ここは砂浜、かつてひとだった物質がそこに配置されただけだとおもった。まぶたも開けっぱなしで、勘弁してほしかった。仕方ないから、わたしがまぶたを閉じた。閉じようと彼のまぶたあたりに手をやろうとしたときに、ひかりのない彼の日に一瞬、わたしの姿が映った。目という鏡。どうして彼の目にわたしは映るのだろう。不思議におもった。わたしはどれだけのひとの目に映ったことがあるのだろうともおもった。目という材質があるからというだけではない理由がそこにはあるような気がして。けれども目は、窓でもあるのだとおもった。つまりわたしはカーテンを閉めようとしている。まぶたというカーテンを。さっき出会ったばかりの彼の目を、わたしは閉じた。同時にわたしはおもった。わたしはいつ、どこで絶命しようかと。その、いつ、どこで、というのをわたしはひとなので、選べる。彼は、選べなかったのだろうか。いつ、どこで、絶命するか。この白浜にやってきて、不意打ちをくらったのか。いや、そうではないような気がしてきた。彼は、ここで絶命することを知っていた?絶命して、屍になったじぶんという物質を、この白浜に配置した？　いや、なんとなくなのだけれど、そんな気がしてきた。どうも、おかしいとおもっていた。というのは、わたしと彼はおなじ、つくる側の人間だという気がするのだ。つくる側の人間ならば、おなじことをかんがえるとおもう。じぶんはさいご、どこに配置されるか。この地上の、どこに。いつ、配置されるか。わたしだったら、そこにこだわりたいとおもう。ということは、彼もそこにこだわりたいとおもっていたはずだと、そんな気がしてきた。だとしたら、だ。彼は、なにものかに殺されたのではない。あのボートに放たれたなにかに撃たれたのではない。彼は、ここで自死した？　そう、おもえてきた。彼は、ここを選んだ。でも、なんのために？　理由は特にない気もする。ただ、ここで、絶命したかった。しかし、いまじゃなくちゃいけなかった。いま、死にたかった。そして死ぬところをだれかに見てほしかった。わたしなら、せっかく死ぬのならそうかんがえるだろう。というか、これがこういう表現ならば、そうかんがえるだろう。なぜそこで、いま死ぬか。そのこたえは、特にない。ただ、いま、ここに死ぬという物語とともに、屍を配置したかったから。と、わたしはこたえるはずだ。わたしがそうおもうということは、彼もそうおもうということだ。わたしたちは、すべての事象を、表現だとか物語だとかでかんがえてしまう類の人間だ。それはとにかく現実世界では、ひとに嫌われる。そりゃそうだ。だって真剣に、恋だの愛だの家族だの、仲間だの友だちだの、わからないのだから。すべてが表現で、物語に過ぎないから、ひととひとのつながりだって、漫画みたいな人物相関図のように捉えることしかできない。いきなりだれかにめちゃくちゃにキレられて泣かれたりしても、笑ってしまいそうになるのは、だからだとおもう。え、どうして、なんでこのタイミングで、その感情が、しかもわたしに向けられるの？　と興味を持ってしまうから。じぶんの身に起こっていることだとおもえないのだ、現実世界でのあれこれは。きっと、だから、彼もそうだとおもう。絶命するその瞬間も、そうおもったに違いない。え、どうして、なんでこのタイミングで、じぶんは死ぬの？　と内心では表現として、物語のなかで笑っていたに違いない。じぶんもじぶんで、このうそみたいな世界のなかの登場人物に過ぎないのだ。

　まあ、そんなことをかんがえながら。わたしは彼の屍のとなりで体育座りをしている。もう、何時間経っただろう。夜の湿度にあてられている。すべてのボートが消えたのは、彼が絶命したからだとおもう。その部分は、すべて彼の想像でつくりだしたものだったのだろう。だから、ボートからなにかを放ち、そして彼を撃ったのも、彼自身なのだろうとおもう。しかし、屍はたしかにわたしのとなりに、ただ在る。撃たれて、彼の意識、つまり想像するという行為は途絶えたのかもしれない。だから、ただ屍となった身体はそこにのこってしまった。わたしはこれをどうにかしなくてはいけない。彼だったらどうするかな、じぶんが死んだあと。じぶんの屍をどう処理するかな。そして、じぶんがいなくなったあとの世界のことをどう想像していたか。わたしはすこし目を閉じて、かんがえた。鼻がつんとするのはなにかが燃えたにおいがするから。そのなにかとは劇場だということも知っていた。劇場が爆破されて、黒煙をあげた。灰は上空に舞って、この世界を漂っている。やがて地上に降ってくるのだろう、劇場由来の灰が。なんて素敵なのだろう。そんな灰を浴びてしまったら、すべてが虚構になってしまいそう。わたしはそれをのぞんでいる。ほんとうだったことがすべてうそだということになってしまうだなんて、素敵すぎる。のぞましい、世界だ。それこそ。

　ああ、わかった。この白浜には、端っこというものがある。海岸線にかぎりはないとだれもがおもっているかもしれないが、じつは端っこがあるのだ。この白浜にも、そう。端っこがある。その端っこの、枯れた茂みのなかにボートが一艘あることをなぜかわたしは知っていた。というか、おもいついた。おもいついたということは、あるのだ。ボートは。目を開ける。焦げくさい、世界。なにもない海原。そして星空のなか。わたしは立ちあがって、白浜の端っこを目指して、歩き始めた。

＊＊＊＊＊

枯れた茂みのなかに、やはりボートはあった。とはいえ、からっぽの手漕ぎボート。公園の池に浮かんでいるような、ふたりで乗るくらいの。それでも、わたしのちからではだいぶ重くてたいへんだった。砂の摩擦もあいまって、ここへ来る時間の倍の倍くらいの時間を費やして、やっとのことで彼の屍のところまで、ボートを引きずって戻ってきたときには、もう夜が明けようとしていた。彼の引き裂かれた身体を、ボートに乗せた。そしてその、さらに重くなったボートを、波打ち際までなんとか押して、あとは波にゆだねて、徐々に沖まで流されていくボートを見つめていた。体育座りで。わたしはもう、血まみれで泥だらけだった。すこしでも、ひとつのことをやり遂げたような気持ちがしていた。そしてなぜだかおもいだしていたのは、なんていうか、初めての記憶のような、そんなものだった。

初めての記憶。それは遡《さかのぼ》ること、まだ歩いてもいなかったころだとおもう。わたしは籐《とう》のゆりかごのなかにいた。視界はぼやけている。しかし話し声がするのだった。声というか、音に近い。憶えているのは、お父さんと。それと、お母さんもいた。ふたりの顔がたまに見えたり、見えなかったりした。手の甲にあたる、籐の感触。なぜだか、おもいだしていた。あの流されていく、ボートを見つめながら。

あのボートは、あのまま順調に海原を行くのなら、いつかあらゆる線を越えるのだろうか。あらゆる線。それはそもそも在るはずのない線だった。もちろんのことだけれど、海にも空にも地上にも線なんてなかった。線というのはあまりにも人工的なものだ。大地に這《は》う河や、または山脈、その稜線も。それを境にしたのはすべて人間の仕業で、線というのは線ではなかった。けれども、人間は線のないところに線をひいた。その境は厳密なもので、たやすく行き来できるものではない。しかしあのボートはどうだろう。彼を乗せた、あのボートは越えるだろうか。線を。境を。

鏡に映るじぶんを、じぶんだと認識したのはいつだろう。あの籐のゆりかごのなかにいたわたしは、いつじぶんのことをじぶんなのだとわかったのだろう。じぶんに出会えるのは、鏡のなかでしかありえない。鏡のない世界では、じぶんを見ることができない。鏡があるから、じぶんに出会えるのだ。彼の目に一瞬、映ったわたしは、まぎれもなくわたしだった。でも彼にとっては、目というのは鏡ではなく、窓なのかもしれない。その窓のカーテンをわたしは閉めたわけだけれど。カーテンという素材は、やわらかい。そして透けたりもする。彼は、彼という部屋のなかから、死してもなお、見つめているかもしれない。半透明の窓のそとを、ぼんやりと見つめながら。果てしがない海原のうえ。漂いながら、見つめているかもしれない。

東の空があかるい。紺色は、黄色く発光した空に侵食されて、複雑だけれど明確なグラデーシ

ョンをつくりだしている。そんななか、海は海だった。けっして空と混ざりあうことなく、海は海だった。この海で、過去になにがあったか、想像はできるけれど、やはりわかることはできなかった。こう見ると、ただの穏やかな海で。これが荒れくるったり、ここでだれかを殺《あや》めたり、もしくはだれかが死を選んだなんて、想像はできるけれど、わかることはできなかった。そんなことはじつはなかったのかもしれない、とすらおもえてしまう。何千年、何万年あとにも、ここはこういうふうに海なのだろうか。

初めての記憶。そうか、あのゆりかごはボートだったのかもしれない。あのころ、わたしはまだ歩けもしなかった。声は声じゃなくて、音だった。お父さんとお母さんがいた。けれども、じぶんとつながりのあるお父さんだとか、お母さんだとか、そういうのはわかっていなかった。ただ偶然、そばにいるひと。それが彼らというだけだった。籐の、ゆりかご。手の甲からうける、感触。わたしは、揺られていた。ボートのなかで、揺られていた。まだ知らない世界のことなんて、想像もしていなかった。わたしがわたしだということも、知らなかった。たしかなのは、ただ揺られていたということ。

ボートのなかにいる彼は、ゆりかごのなかにいる。海原のうえ、ゆりかごに揺られている。彼は、死んだ。しかしほとんど同時に生まれたのだ。彼にそれまでの記憶はない。これから記憶というものをつくっていくしかない。視界はとにかくぼやけているだろうけれど、やがて見えてくるだろう。あのゆりかごよりそとの世界のこと。その世界というのは、うそにまみれているということ。うそにまみれた世界のなかで、現実をより現実的に感じるために、彼はうその世界をあえてつくるだろう。わたしには、彼が世界を歩んでいく様子が、まるでじぶんのことのようにわかった。わかっていた。彼というのは、わたし自身なのだから。彼はボートに乗って海原へ出た。わたしはそれをこの岸辺にて、眺めている。けれどもわたしたちはふたりであるようで、まぎれもなくひとりだった。それは客席にいるわたしだけでは成立しないこととよく似ている。わたしはつねに客席にいる。けれども、舞台のうえにて、わたしの言葉とともに現在、生きている役者さんがいなければ、わたしはわたしとして成立しない。待っている、わたし。眺めている、わたし。そして海原にて、漂うわたし。生まれたばかりの、わたし。すべてが、あいまったときにわたしは成立する。奇跡とともに、成立する。

いつ、また出会うことができるだろう。わたしは海原を見つめていた。わたしを積んだボートはもう見えない。死ぬなら、わたしも。わたしの抜け殻を、きちんとどこかに配置したい。配置したとき、いろんなことが奇跡のように成立するようなさいごに憧れる。わたしは、わたしのさいごを含めて、そういう作品をつくりたいとおもう。どうせ、いちどきりの生命ならば、それ自体が作品じゃないともったいないし、つまらない。やはりじぶんで選びたいから、だれかによる死にかたとかは嫌だな、なんて想像をする。

「しかし、想像できるかな」

わたしはそう、ひとりごとを。ため息をつくように、もらした。

そうなのだ。あらゆることは、想像できない。想像できない未来が待っていることなんて、もうわかりきっている。よくも悪くも、未来なんていつも想像していた以上に奇妙なものだった。だれも未来に追いついたことなんて、ないのではないか。しかしだからこそ、みんな未来に挑むのだろうけれど、かならずに近いくらい未来には敗けてしまう。現在、という時間を紡いでも、それが未来につながるとはかぎらない。けれどもつくることができるのは現在という時間以外、ない。現在という時間のなかで、いかに未来を想像するか。

「しかし、想像できるかな」

これに尽きてしまうなあ、と。体育座りしていたわたしは、立ちあがり。砂をはらいおとして、海を背にする。すると、わたしの視界にはいってきたのは、車椅子に乗った老人の姿だった。老人は、わたしの数メートルさきにいる。老人は鼻から、人工的な酸素を吸っているようだった。老人は、ときどき虚《うつ》ろだけれどひかりを帯びた生きた目をして、わたしを見つめている。老人の背後に、扉がある。扉というフレームのなかは、別次元が広がっているようだ。わたしはその扉を開けるまえに、この老人と、話しそびれたはなしがしたいとおもった。

27

話しそびれたはなし。たいしたはなしではないかもしれないけれど、話しそびれたはなしというのはたしかにあるとおもう。もう会えなくなったひとと、話しそびれたはなし。もういちど会えたなら、それでもうまくは話せないだろうけれど、話してみたいはなし。目のまえにいる車椅子の彼と、話しそびれたはなしをわたしは話したいとおもった。わたしが話すことを聞いて、彼はなんてこたえるか。いや、なにもこたえないかもしれないが。なにを話そうか、準備していたわけではない。でも、なにか。なにか話さなくては。

「あ、おひさしぶりです。いや、ひさしぶりというかんじでもないか。あの日から、なんというか。時間は経ったけど、経ったようで経っていないようにもおもいます」

彼はなにもこたえない。

「えっと、なにか話したかったんですけど、なんだろう。なにを話したかったんだろう。すぐには出てこないけど、えっと。あれから、いろいろありましたよ。いろいろ、というか。いつだってそうだったのかもしれませんが、わたしにとってこの数年というのは、いろんな変化を目のあたりにした時間だったようにおもいます。いろいろ、いろいろ」

妙な、時間が流れている。そりゃそうだ。もう言葉を交わせるはずのないひとと、話しているのだから。

「あれからもわたしは、じぶんの表現を見つめています。あなたがそうだったように、わたしも。劇場にいて。じぶんがつくった舞台を、じぶんの意思。そのものだとおもって。じぶんを削って、すり減らしながらつくっています。ひかりを閉ざした劇場に、あかりを灯して。でも、そう。これが聞きたかった。わたしが、わたしたちがつくった表現は、だれかのなにかを変えることができるのでしょうか。ひとびとは劇場へ訪れて、そして上演が終わると、また帰路につきます。ひとつの上演のそれ以前と以後で。ひとのなかのなにかは変わるのでしょうか。どう、おもいますか？　わたしは変わるとおもっていたんですよ。変わるとおもっていたから、つくっていた。けれども世界は、いくらわたしがなにかをつくったってびくともせず。あいかわらず、世界は世界なのです。うそで塗り固められたまま、それがほんとうのことのように、偽りつづけている。たとえば、ひとはひとを殺めることができます。ひとはひとのことを、ひとだとおもわないこともできるようです。そんな世界を、わたしはわたしがつくるうそで、すこしでも変えたいと、やはりおもっているからつくっているのだとおもうのです。けれども、世界はびくともせずに。わたしの表現なんてなかったかのような表情をして、ただただ時間を進めていくようで。つくるってなんでしょう。そしてつくったものをだれかに観せるというのは、どういうことなのでしょう。わたしの表現は忘れられるのでしょうか。たやすく。だれかにも。世界にも。忘れられるのでしょうか。いや、忘れられること自体がわたしの表現のよさだとおもっていた時期もありました。

舞台は、記録にはのこらない。記憶にしかのこらない。それがうつくしいのだ、と。おもっていた時期もありました。でも、そうなのかなあ。やっぱり、のこらないと。どうにかして、のこらないと。だれのことも、変えることはできないのじゃないか」

ここまで話してみて、おもいだしたことがあった。彼がわたしの稽古場に来てくれたことがあった。彼はめったに他人の稽古場に足を運ぶことなんてしないはずなのに、来てくれたのだった。そのとき稽古していた作品のタイトルは『てんとてんを、むすぶせん。からなる、立体。そのなかに、つまっている、いくつもの。ことなった、世界。および、ひかりについて。』というものだった。

「てんとてんを、むすぶせん。からなる、立体。そのなかに、つまっている、いくつもの。ことなった、世界。および、ひかりについて」

わたしは唐突に、タイトルでもあるこの言葉を口走っていた。

「あなたは、この言葉をどう聞いていただろう。あの稽古場で。あなたにはどうひびいて、届いていただろう。わたしの言葉は」

ここまで話すと、彼の姿はふたたび透明になっていく。話しそびれたはなし。わたしは話せただろうか。いや、もちろん話せていない。いきなり話せるわけがない。なにが言いたいのか、けっきょくのところわからなかっただろうし。わたしもわかっていないのだから、わかるわけがない。でも、そう。彼にかぎらず、そうだ。もう、会えなくなったひとたちに、わたしたちは再会したいはずだ。再会して、話したいはずだ。どうして会えなくなったか、なんてそんなことはだれにもわからない。そして会えなくなったことは仕方のないことだ。仕方のないことなのだけれど、やりきれなさだけがのこって。いつだって、だれにだって、もうすこし話してみたかった、とわたしはおもう。ふたたび透明になっていく彼は、あと数秒したら完全に消えるだろう。もう二度と会えないかもしれない。かもしれない、というかそうだろう。二度と会えないだろう。同時におもうのは、べつにそれが死別じゃないにしても二度と会えなくなったひとというのはたくさんいるのではないか、ということ。観客のみなさんとも、そうだろう。上演時間が終わって劇場をあとにするみなさんの背中を見つめながら、わたしはいつもそうおもう。二度と会えなくなる、と。いちどは会えても、二度目はないかもしれない。いつもそうおもって、わたしはわたしがつくったものを上演している。いや、そうおもってしまうわたしだから、わたしは舞台を、演劇を選んで。それをわたしの表現、としているのだとおもう。

彼が消えてしまう。消えてしまった。あの日とおなじように、さよならは言えなかった。

彼の背後の四角いフレーム。そのなかは、別次元が広がっている。わたしはそこまで歩いていって。すこしだけ砂浜を、海を振り返って見つめて。そしてまた、まっすぐまえを見て。扉を開ける。

＊＊＊＊＊

扉のなかは、ひかりで溢れていた。じぶんの身体の輪郭線が薄れてなくなるくらいの眩《まばゆ》いひかりで、ひかりのなかにはわたししかいない。ほかに、だれもいない。わたしはどこから来て、どこへ行くのだろう。わたしは、なにを憶えていたのだっけ。そしてこれまで、なにを忘れた？だれを裏切って、傷つけて。どんな言葉を生んで、うそをついた？　わたしにとって、ほんとうとはなんのことを言うのだろう。ほんとうが、ほんとうにほんとうだったら、わたしはとっくに耐えられなくなって死んでいただろう。死ぬ？　死ぬってなんだろう。死ぬなら劇場の客席で死にたい、だなんておもっていたな。けれども、そんなことだれも許してくれないかもしれない。死にたいとおもうのなら、じゃあなぜ生まれたいとはおもわない？　生まれたい、か。つぎ生まれるなら、どういう世界に生まれたい？　また演劇をしたいとおもう？　うーん、わたしならおもうだろうな。だって、演劇しかしてこなかったし。演劇以外の生きかたが、いまいち想像できないや。あ、アルバイトはいくつかしたいかな。でも、アルバイトに飽きたらやっぱり演劇をしていたいな。役者には、なりたくない。舞台上には、いたくない。客席にいて、舞台をつくる立場がいい。ああ、眩しいな。ほんとうに、眩しい。なくなりそうだな、わたし。いや、もしくは生まれそう。生まれそうなのかもしれない、いま。わたし。

＊＊＊＊＊

扉が開くと。そこには、いつもどおりの車窓が並んでいて。座席には、ひとびとが座っている。どうやら、朝だ。東京の、朝。わたしは何事もなかったかのように、つり革に手をやって。しかしすこし、そわそわしている。どこへ向かうために、この電車に乗りこんだのだっけ？　稽古場？　打ち合わせをする喫茶店へ？　なんだったっけ。確認しなければ。わたしの作品は、いま順調に進んでいるっけ？　えっと、そうか。どこへ向かっているか、わからないんだった。わからなくていいのだ、この時間は。ただただ、どこかへ向かっている。わたし以外の、この車両の乗客も。みんなおそらく、どこへ向かっているか。わかっていない。会社なのか、お店なのか。みんな、どこかへ向かっているのかもしれないけれど、いつもと違うのはみんな、なぜだか穏やかな表情をしていた。あらかじめきめられた時間へ向かっているような様子のひとは、いなかった。しかし都会のまんなかを走っている、この電車。おおきな鉄橋を渡ろうとしている。流れる川もやはりおおきくて。たゆたう川面に朝陽があたって、複雑にきらめいている。鉄骨が右から左へ連続している。わたしはその穏やかさのなかで、じぶんがだれなのか忘れてしまうような気がしていた。わたしが知らないわたしは、どこから来て、どこへ行く？

すこし離れたところに、小学生のおとこのこがいる。小学生のくせに、ヘッドホンを装着してなにか音楽を聴いている様子。座席にすわったり、立ちあがったりを繰り返している。ひたすらに落ちつきがないけれど、彼はいま、とてもたのしそう。わたしは、彼に目をやったり、まだ車窓よりそとを眺めたりしている。川を越えた電車は、背の高いビルが連なる都市のまんなかを走っている。おおきな看板。屋上の貯水タンク。室外機が乱立している様子って、とてもきれい。

ふと、またあのおとこのこのほうへ目をやる。すると一瞬、彼と目が合う。


「名前は？」

「タカヒロ」

「え、知ってたの？」

「あ、やっぱりそうなんだ」

「うーん、というより。そんな気がして」

「ふーん。お姉さんに会ったことあったっけ」

「ないかもしれないけど、あるかもしれない」

「なにそれ。不思議なこと言うね」

「だって、どこかですれ違っているかもしれないじゃない？」

「ああ、その可能性はあるよね」

「でしょう」

「お姉さんの名前は？」

「さやか」

「だれがつけたの？　その名前」

「お母さん」

「へえ」

「あなたは？」

「ぼくの名前？」

「うん」

「お父さんだよ。お父さんが、つけた」

「へえ、そうなんだ」


わたしたちは一瞬、目が合っただけだ。会話はしていない。けれども、こう話したような気がしたのだ。

そう、彼はタカヒロだ。わたしは、さやかだ。おもいだした。彼は、おそらく一〇歳くらいで、まもなく演劇を始めるだろう。そんな気がする。そしてわたしと、ほとんどおなじようなことで悩んで、けれどもやはり演劇をつづけるだろう。そんな繰り返しのなかに、わたしたちはいる。わたしたちは、ずっといっしょに繰り返すんだよ。繰り返し繰り返し、苦しんで。しかし、つくるんだよ。つくりつづけるんだよ。

まもなく、つぎの駅に辿りつく。ひとびとは徐々に穏やかさを失っていく。いつもどおりの忙《せわ》しなさと、不安定な表情を取り戻していく。ここは、東京。さまざまなビルというビルは、きょうもひとびとを吸いこんで。つかれを知ったひとびとは、つかれに慣らされて。あたりまえになって。つかれていることに気がつかないまま、刻一刻と死へと向かっていくようで。わたしはそんなつかれたひとびとの様子を見るのが、こわい。どうか、どうかわたしのつくる空間に、時間に足を運んでほしいとおもう。そこには、わかりやすい癒しのようなものはないかもしれないけれど。ひとびとに足りなかった「なにか」はあるはず。

足りない「なにか」？

停車した電車の扉から、ひとびとが降りていく。ほとんどのひとが降りていくなか、あの小学生の男子はまだ降りないようで座席にすわって、足をばたつかせている。わたしはふと、わたしの身体のなかに意識をやる。わたしはわたしの身体の中心あたりに手を、あててみる。わたしとはべつの「なにか」の、熱を感じる。その熱の正体を、わたしは知っている。ひかりではない。わたしの身体という空間のなかにある、熱のようなもの。それは、灯《ともしび》だとおもう。灯が、わたしのなかに在る。たしかに在るのだった。灯は、たとえばここでだれかを待っている。もしくは「わたしはここにいるよ」と対岸にいるだれかに手をふっている。

わたしの身体という空間には、もちろん窓はない。

空間の外側から窓を通して射しこむようなひかりを遮断しなくては、そこにはあかりが灯らないからだ。つまり、あかりを灯さないかぎり、そこは暗闇だし、あかりがあかりであるためにも、そこは暗闇であるべきだった。暗闇のなかにしか、あかりは生まれないのだった。あかりを生む

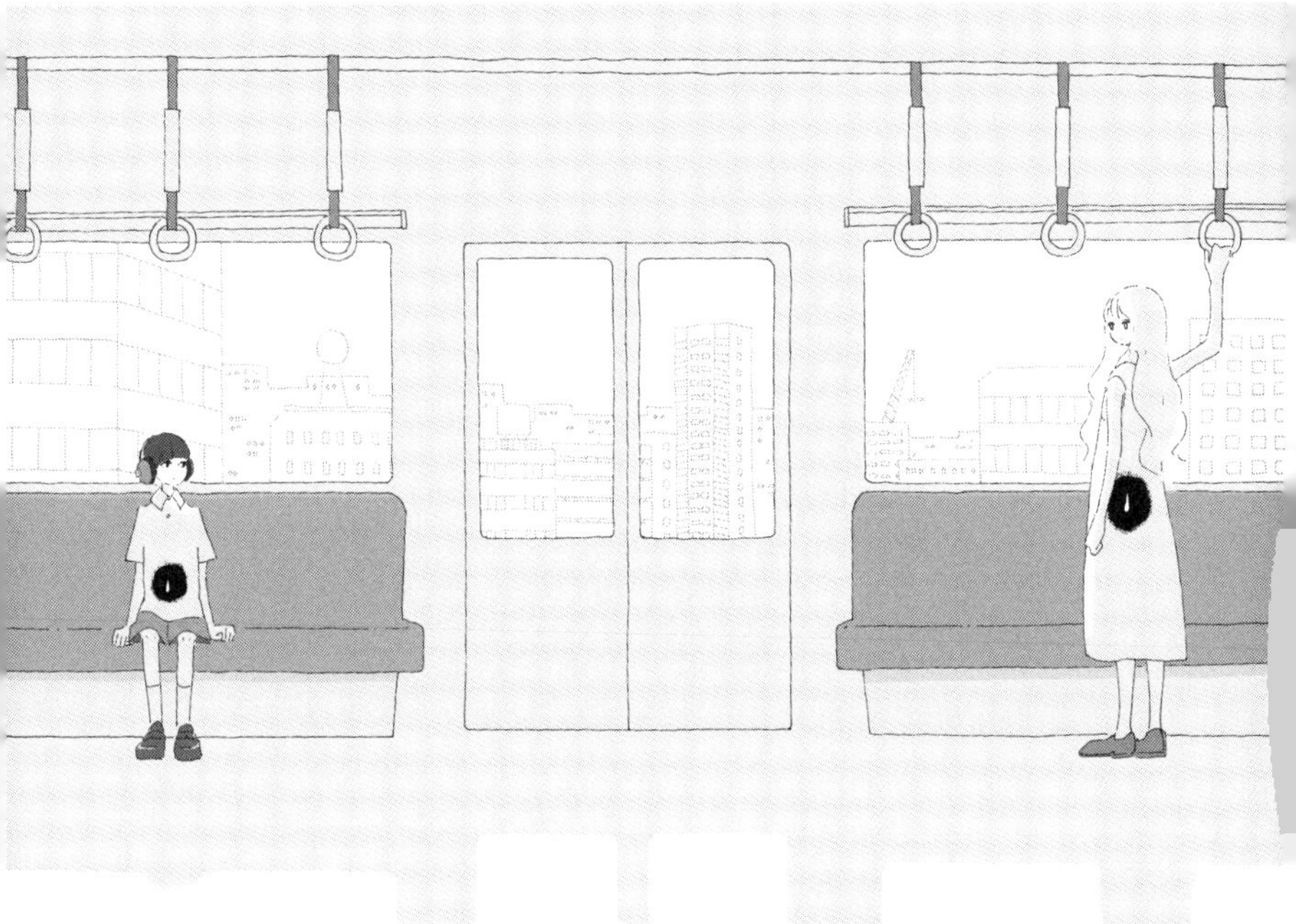

ためにも、空間は暗闇でなくてはいけない。

わたしの身体という空間。その暗闇のなかに在る、熱。この熱のことをわたしは、灯と呼ぼうとおもった。名前をつけたわけではない。灯という言葉だとおもったのだった、この熱のことを。

そして生まれたあかりは、やがてひとの目に届いて、ひとはそこで初めて、なにかカタチを捉えるのだった。カタチを捉えるためにはあかりが必要だった。あかりがつくる影がなくては、カタチの輪郭をひとの目は捉えることができない。それはかならず、暗闇のなかでだった。

灯が、わたしのなかに生まれた。たったいま、生まれたらしい。わたしは、その熱を感じていた。暗闇のなか、なにを照らして。なにをおもうだろう。だれに出会って、なにをつくるだろう。わたしが見ることのできない、未来を。灯は、行くだろう。果てしなくつづく暗闇を、灯は。そのまわりを照らしながら、行くだろう。ときにはだれかを待って。そして手をふるだろう。わたしはなぜか、意味もなく笑った。そしてすこしだけ、泣いた。わたしはわたしであると同時に、まるでわたしじゃないように羽ばたくことができた気がしたから。

電車は発車する。いつもどおりの風景のなかへ。

初出

「ちくま」二〇一八年四月号―一一月号、二〇一九年一月号―四月号、七月号―八月号、一〇月号―二〇二〇年一月号、三月号―一〇月号。

藤田貴大（ふじた・たかひろ）

1985年4月生まれ。北海道伊達市出身。桜美林大学文学部総合文化学科にて演劇を専攻。2007年マームとジプシーを旗揚げ。以降全作品の作・演出を担当する。作品を象徴するシーンを幾度も繰り返す〝リフレイン〟の手法で注目を集める。2011年6月—8月にかけて発表した三部作『かえりの合図、まってた食卓、そこ、きっと、しおふる世界。』で第56回岸田國士戯曲賞を26歳で受賞。以降、様々な分野の作家との共作を積極的に行うと同時に、演劇経験を問わず様々な年代との創作、近年は展示作品などにも取り組む。2013年に太平洋戦争末期の沖縄戦に動員された少女たちに着想を得て創作された今日マチ子の漫画『cocoon』を舞台化（2015年、2022年に再演）。同作で2016年第23回読売演劇大賞優秀演出家賞受賞。その他の作品に『BOAT』『CITY』『Light house』『めにみえない　みみにしたい』『equal』など。著作にエッセイ集『おんなのこはもりのなか』、詩集『Kと真夜中のほとりで』、小説集『季節を告げる毳毳は夜が知った毛毛毛毛』がある。

T／S《ティー・エス》

二〇二四年四月二十日　初版第一刷発行

著者　藤田貴大

発行者　喜入冬子

発行所　株式会社筑摩書房

一一一―八七五五　東京都台東区蔵前二―五―三

電話番号　〇三―五六八七―二六〇一（代表）

印刷・製本　中央精版印刷株式会社

ISBN978-4-480-80517-1 C0093